顾湘 — 作品

西天

The Pilgrimage
to
the West

浙江出版联合集团
浙江文艺出版社

contents 目录

chapter 01 第一章 — 001 通天河

chapter 02 第二章 — 030 火焰山

chapter 03 第三章 — 089 七绝岭

chapter 04 第四章 — 115 波月洞

chapter 05 第五章 — 172 小雷音

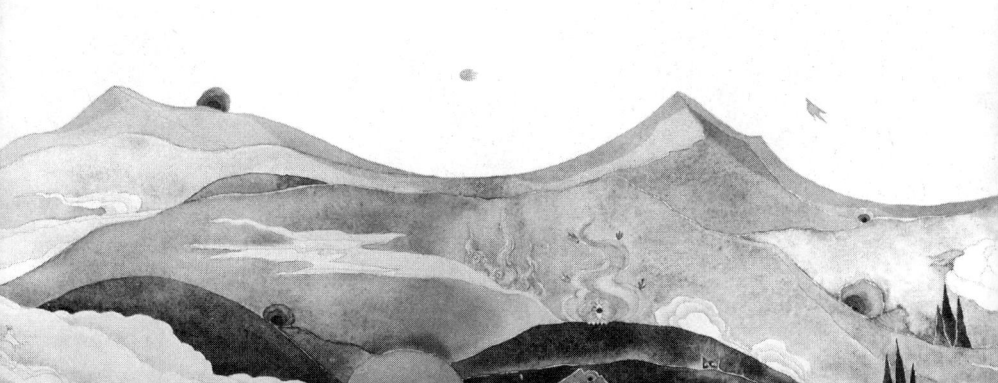

chapter 01　第一章

通天河

- 1 -

沙停下脚步,唤了一声:"行者。"

行者便也止了步,回头微微一笑问:"什么事?"

沙迟疑了一下问:"我们怎么开头?"

行者道:"什么怎么开头?"

沙道:"我们的行程从哪里开始呢?"

行者道:"有关系么?"

沙道:"一路行来,千山万水,艰苦卓绝,斩妖除魔无数,我怎么记住呢?"

八戒听着插嘴说:"那就不要记住好了,前头还有鸟语花香、风月无边,你记那些做什么?"

沙摇摇头:"我想记住。"

又苦恼地说:"可我总记不住。"

"有的时候,觉得开头很难。最难的事就是开头,只要头开好了,接下去就容易了。有的时候一件事是怎么开头的,你根本来不及发现,它就已经开始了,继续下去却要费你一辈子的力气,仍然觉得很吃力。就像肩上的行李担子,我不知道是从什么时候扛起的,因为我不知道我们的行程怎么开头。并且要一路扛下去,因为,我不知道西天在哪里,行程在哪里终结,抑或西天才是真的起点。

"我一无所知。

"在路上,我一无所知。甚至不知道我是不是在路上。

"行者,你……"

沙一个人喃喃低语,"从哪里开始呢?"

只听八戒老早跑到前头去,喊了一声:"通天河!"

沙一惊,一抬头见行者赶了上去,连忙也追上前去。

月光照在河水上,河面广袤无边,黑色的,银色的,金黄色的,以及惨白色的,滚滚翻腾不休。耳边尽是滔滔浪响,好像整个世界都是水,只有自己落脚的这一小块浮土。在黑夜里,幽幽中,看不见其他的地面,只有水,猖狂傲世,布满浩天邈地。世界的一开始,就是这样,连落脚的一点浮土都没有。(——什么前尘往事?)

河边立有石碑一块——"通天河"。

径过八百里,亘古少人行。

好像到了世界的最边缘。还是世界最开始的地方，由此进入世界？

八戒说："罢了，来到尽头路了。我们回家吧。"他的声音被滔天的大浪淹没。八戒也不在意，随手捡了一块石头往河里扔。石头咕嘟咕嘟沉了下去，像八戒的声音一样被顿时吞没，像宇宙流光吞没一个人那么微不足道的一辈子，像一眨眼间被吞没的沧海桑田斗转星移，一个人算什么？一个朝代算什么？（——什么都是一块石头——前尘往事……）

"算不得什么。"八戒嘟哝了一句，又被吞没了。八戒不在意，反正自己是说过了，没法知道河有多深，那么，"我肚子饿了。"八戒大喊了一句。三藏赞赏地看了他一眼，然而一眼之后满眼都是悲天悯人的忧伤，他说："你虽试得深浅，却不知有多宽阔。"

行者道："我看看。"

行者一个筋斗云跳在空中，定睛一看，陡然一凛，竟看不见对岸。行者的眼睛，白天可以看见一千里，夜里能看三五百里，但是，彼岸遥不可及，行者的眼睛也看不出凶吉。不能定宽阔之数，不能定深浅之数，不能定河流长短之数。

行者在空中一个激灵，被北斗星百万年前寒冷的光芒刺了一下眼睛。百万年前它就上路了，一路百万年冰川的风霜，今天才到河流的上方。就像河流过来时以为有河，但是也许它的源头已经干涸。不能定第四维的东西，不能定天数。行者虽是天真地秀的英雄，但还是凡间的生灵，他仿佛看见沉沉黑夜，没有一星渔火，一条通天大河吞没了所有的山岳。于是打了一个激灵。

行者回到地上，禀明三藏道："这条河，看不到边。"

沙想，这是海么？苦海无边，回头是岸。

三藏已经坐在河边泪如雨下。

行者见三藏兀自痛哭，不由得也有些发愣，想起过去愚钝迷性的种种，想起现在愚钝迷性的种种，想起将来愚钝迷性的种种，谁与我息息相通？谁与我惺惺相惜？眼圈微红。

沙想，海是渡不得了，精卫填海只是徒劳，执着不知悔改，终究在泥沼中不能勘破脱身。有的河流，旷袤无边，不是我等渡得的。以微不足道为中心，到头来不过是一场无能为力的逝去。沙想，行程不知从何开始，却至此尽头了么？那么行者，我们的生命如何继续？

八戒肚子饿。走不下去就不要走好了。身后周遭也有庄院人家，有炊烟、田地、饮食男女。这个时候有爷娘哄夜啼的儿郎安睡，不一样的人熟睡的鼾声，寻常夫妻的谨慎朴实而不失趣味的狎戏。八戒的耳朵有的时候很尖。他喜欢人世的各种声音。他喜欢生活在这种声音里，觉得踏实和快乐，加上还能闻到炉膛里有未熄的火，灶上锅里盖着剩下的饭菜香，土地里青草的味道，蔬菜瓜果的味道，女孩子呼吸的味道，胭脂的味道，地窖里酒的味道，醉人的味道。寻常的气味就像寻常的声音一样是八戒热爱的。他很高兴走不了了，可以敲一户人家的门，问能不能借宿一宿，不知道那户人家有没有个待嫁的含羞女儿。但愿，至少有人间烟火、家常小菜——这就是八戒的愿望。夜已深，我们留步吧，我们在人间烟火里留宿吧。

滩头栖着几只野鹭，半眠半醒，谛听着水声，呆若木鸡。

这时，或许三藏哭得累了，望着河水，双掌合十，念了一句："阿弥陀佛。"

- 2 -

自河边折返漫过沙滩，有一簇人家住处，约摸四五百家，夜深人静时，柴扉已掩，竹院尽关，白日里牧童短笛、布裙捣衣的声响也入了梦境，不时有一声两声忽远忽近的狗吠，从疏落的篱笆里传出来，小河道里泊着黑篷的渔船，大片大片的雪白芦苇扫着月亮。

三藏下马，敲月下门。

"笃，笃。"

三藏摘了斗笠，抖了抖褊衫，拖着锡杖，月亮照着这个男人英俊的苍白侧面，神如秋水，面若寒玉，直而挺的鼻梁，紧抿着的嘴唇。他纤长敏感的手指第三次在人家的木门上轻轻叩击，连这一个动作都优雅动人，"笃"。随后，凡人家的门就开了。

门里一个老者说："长老，来迟了。"

来迟了？什么来迟了？行者一旁听得骤然一恍惚，三藏道："怎么说？"

老者道："来迟了，就没有东西了！早来的话我家里斋僧，尽吃饱饭，熟米三升，白布一段，铜钱十文。你怎么这时候才来？"

三藏躬身道："老施主，我们是东土大唐往西天取经的，今到贵处,天色已晚,特来告借一宿,天明就行。"

老者摇着手道:"和尚,你唬我?东土大唐,到我这里,有五万四千里路,你用走的?怎么走的?走了多少步?"

走了多少步?他这一问又叫沙一惊,从哪里开始?走了多少步?难道我们的行程真的从五万四千里之遥的大唐算起?我的使命就是计算通往西天的路途上行走的脚步,可我从来都无从数起,我总是把那些脚步弄丢,然后又要从头数起。假如像现在这样,走到走不下去的时候,回头寻向人家,那这路途,又算不算作是通往西天之路?

八戒不高兴地说:"老头,你知道怕么?"

老者朝八戒瞪眼,说:"又说是取经的,取经的我怕什么?你不会是强盗吧?"

三藏静静看了八戒一眼,八戒刚要开口,又闭了嘴。

三藏道:"从来处来,自然来得。"

老者还是堵在门口,没有一点想让他们进去的意思,三更半夜,小心也是常理。忽然从门里传出一个很小的女孩子的声音:"你来啦!"

三藏看见一个六七岁模样的小女孩,穿着鲜红的衣裳,两边扎着的辫子柔顺地披散在肩上,刚从睡梦中惊醒下床的光景,唇红齿白、肤净胜雪,还忘了穿鞋子,赤着一双小小的雪白的脚,在黑夜里白得惊心动魄。小女孩还有些懵懵懂懂,未曾完全醒来的样子,跌跌撞撞从内屋穿过深夜的院子跑出来,站在老者身边,一双眼睛却分外清亮,乌溜溜地望着三藏,目不转睛。

行者见这小女孩，竟有一种轻轻的疼惜。

小女孩忽而粲然一笑，经过老者的身边，过来扯了扯三藏的衣袖，仰起一张小脸看他："你来啦？你为什么不进来看我？"

三藏就是被这个小女孩拉进陈家的住宅的。然后三藏以为如此稔熟，是有因缘的，于是他以为自己出家以前姓的是陈。他说这是他的华宗，其实只是他从这一刻才以为是这样的，他自己也不知道。出家以前的事，那些浮尘往事，说是金玉美质，喝过忘川水，投胎沦落作凡俗卑微，等天人指正，验明正身，才扬了眉吐了气，总之，是记不得了。

老者在一边干咳了两声，说："这是我家小女儿。"

这次八戒朝他瞪眼睛："你的？这么俊俏的小丫头？这么小？"

老者面上表情有些讪讪的。行者、八戒、沙就跟在三藏和那小女孩身后进了房子。

- 3 -

房子里，三更半夜，还有几个和尚在念经，雨打芭蕉似的敲着磬和铃，点点滴滴，袅袅离别青烟。一见三藏四人进入，那几个略有灵气的僧人便大惭变色，匆匆离去。三藏问："这做的是什么斋事？"

小女孩微微一笑道"是一场'预修亡斋'。因为我就要死了。"说到后面一句，神色还是不免有一丝凄惶。行者心里又是一疼。

八戒抢在前头问:"什么?别胡说。"

小女孩正色道:"生和死的事情是大事情,我为什么要胡说?"

行者暗忖,这女孩小小年纪,已经了然生和死是大事,然又能泰然道来自己的生死,委实宝贵,难道她知天命,于她六七岁的华年?行者问道:"怎么……你就要死了呢?"说出这话,心中也有了小女孩眼中一抹凄惶。

小女孩这时才第一次看行者,这一眼看得天然清灵、惊鸿落霞。小女孩道:"不远处的河边有一座灵感大王庙,供的那大王是保佑黎民、施甘雨、落祥云的。这大王一年一次祭赛,要一个童男、一个童女、蔬果牲醴贡献他,不然会降祸生灾的。今年轮到我家了。那童男是我表弟,童女,就是我。明天就去了。"

八戒听得心头火起,道:"岂有此理,那什么劳什子灵感大王,就是个妖怪!"

小女孩反冲他嘻嘻一笑,见行者似乎有些伤感,放开扯着的三藏的袖子,伸手来拉住行者的手,柔声道:"其实也没什么。你知道么,这一年会风调雨顺、五谷丰登?我呢,我只是个小姑娘罢了。"

行者险些掉下泪来,问道:"你叫什么名字?"

小女孩道:"一秤金,我叫陈一秤金。"忽又想起三藏来,另一只手又去抓住了三藏的衣袖。

陈澄即那位老者已吩咐童仆看茶排斋,请四人上座,又对一秤金道:"你去睡觉好不好?"

一秤金摇了摇头道:"我不睡了。他来了。我没有时间了。"

八戒看到排得整整齐齐的菜蔬果品、面食、米饭、闲食粉汤，非常高兴，一边动筷子，嘴还腾出空来问了一句："一秤金，为什么叫一秤金？"

陈澄道："我五十岁上还没有儿子，于是修桥补路、建寺立塔、布施斋僧，有一本账目，哪里使三两，哪里使五两，到了有这个女孩儿的时候，正好用了三十两黄金。三十两是一秤，所以就叫一秤金。"

八戒道："你多大年纪了？"

陈澄道："六十三。"

八戒道："呵呵。"

陈澄道："你笑什么？"

八戒道："呵呵。没笑什么。"

一秤金坐着，忽然又对三藏说："我明天就要走了，我还有事，你陪我来。"拉了三藏就往里屋走。

行者方才倏地感伤，全然是为了一秤金的神情态度，倒并非真觉得小女孩会断送性命——又是一个妖怪，无数蠢蠢欲动不得安宁的妖魔之一，除去就是。大不了恶战一场，五百年前大闹天宫，齐天的叱咤张狂，今日又怎会畏惧一介妖魔草寇？何战足畏？

一秤金一走，行者便道："那大王是什么嘴脸？"

陈澄道："从来没有见过，他来的时候，就是一阵香风，我们就连忙满斗焚香，老少望月下拜。"

八戒道："咦？你还有个侄子呢？在睡觉？"

陈澄道："是呀，名叫陈关保的。"

行者微微一笑道："我不会让她死的。"

八戒道："嗯，抱那男孩出来看看。"

陈澄犹豫了一下，把男孩抱出厅上。这小孩分明不知死活，笼着两袖果子，一脸睡意，等清醒些了，咧嘴就是一笑。

八戒呵呵一笑，道："男孩儿倒拙了。"

陈澄不知怎么答他，只好当没听见，不料八戒又道："这倒有几分像你孩儿。"陈澄仍然装作不理，面露愠色。

行者忽然变作陈关保的模样，面目相同，可是灵动非凡，在灯前跳起舞来，看得陈澄目瞪口呆，扑通跪地。

行者现了本相，淡淡道："我替他去就是了。"

"至于女孩，我绝不会让她死的。"

说着这句话，他看见三藏牵着一秤金走出来。

- 4 -

一秤金是要三藏陪她去梳妆打扮。

小女孩眉目如画，自是不施粉黛。三藏静静地坐在一旁，看她在镜子前临水照花，她梳她柔软的发辫，头上戴一个八宝垂珠的花翠箍，穿上红闪黄的拧丝袄，腰间系一条大红花绢裙，外披一袭官碧缎子棋盘领的披风，腿上系两只绡金膝裤儿，最后穿上一双虾蟆头浅红拧丝鞋。"好了。"她说。

她走出来的时候，正好听见行者那一句话，行者也看见盛装的她。她仿佛知道行者说出的话好比一句誓言，齐天大圣说出的话，是海枯石烂无可转移的——感激地朝行者笑了一下。行者惊艳，竟有种傲气陡生，想当年呼风唤雨苍日清岚气吞万里江山笑傲三界。（前尘往事……）

"我决不会让她死的。"他说。

此际，鸡鸣，破晓，见太白。

- 5 -

八戒变不作小儿女，于是行者变作陈关保，和一秤金坐在桌上的红漆丹盘里，听得门外锣鼓喧天，灯火照耀，村庄里众人叫道："抬出童男童女来！"四个后生抬将起桌子，陈澄扑通一声跪下，叩首涕泪交加："我的女儿呀！我的好兄弟呀！长老呀！"可是喧闹中没有人理会他喊什么。直到人群散去，八戒把他拉起来，不满地说："哭什么呀？我大师兄用得着你这样一哭？都晦气了。真是的。"陈澄道："但愿那位长老能护我孩儿平安才好。"八戒道："废话。嘿嘿，不过，我倒没看出来，你还真先顾着你兄弟的孩子，怪可惜的。照我看，还是救那个女孩儿好，男孩嘛，就让那妖怪吃了得了。"陈澄道："保儿是我陈家的香火——"说到这里，欲言又止，结果只是说："金儿——只有看她的造化了……看她的造化了。"八戒懒得再理他，出门四下逛去了。

行者与一秤金被人颠簸抬着，一秤金不哭不闹安安静静，只是依偎着行者。众人将蔬果牲醴与他二人直抬至灵感庙里排下，童男童女设在上首。众人叩首祈福，烧纸屋纸马，喧嚷了半晌后散去。

周遭静下来，行者一时间想不出说什么。一秤金也不开口，只是有时恒定却又楚致地看他，看得行者有点觉得自己当真和陈关保一般年幼了。现世如今，显出千年前的他的童年，那是一种多么不可一世的孤独落寞。过了一会儿，一秤金道："你不要为我担心，我不怕。"行者道："不怕就好。"谁知一秤金又道："我是叫你不要为我担心才说的。其实我怕得很。"行者道："怕什么？"一秤金道："怕死。"行者心中一动。一秤金接着说："我知道你是神仙，神仙怕死么？"行者道："怕。我怕的。"一秤金嫣然一笑道："不要怕，不死就是了。"行者点点头。

正说间，一阵幽然清香飘了进来。行者知是那妖怪，却奇怪那香气似曾相识，好像佛堂香烛烟灰，又带着几分莲花莲子的气味。这妖怪已来到面前，竟是个生得很好的男子模样。不是一般地好。

这个男子一头长发随意披散，腰间垂着玉带丝绦，身上懒懒地披着一袭织金锦绣袍，华丽间掩不住整个人身上浓浓的怅气，狭长的眼睛里含不住的悒色，还有几许残艳。

灵感望了两个孩儿一眼，口中轻轻"咦"了一声，就走过来抱两个孩儿。行者开口问："你要带我们去哪里？"灵感若有若无地笑了一下，笑得如此之浅，以至于行者不能确定他是不是真的笑过。一秤金道："你不吃我们？"灵感又那样笑了。一秤金道："那么去哪里？是不是不会死？"

灵感道："花园。"伸手向一秤金。

行者大声问道："你究竟是不是妖怪？"

灵感道："什么叫妖怪？怎样算妖怪？"一言一行轻描淡写，就要抱起一秤金。

行者断喝："魅惑世人就是妖！"现出原形，一棒向灵感面门扫去。灵感大吃一惊，退后闪过，眼里的悒郁骤深三分，艳丽尤酽七分，轻轻一笑："魅惑世人？"

行者提棒又打，灵感欺身上来还是要抱一秤金，行者抢先一手揽过一秤金，另一手舞棒逼走灵感。灵感道："孙悟空？"行者听人叫破名号，道："正是。"灵感忽然停下来，道："你护送三藏西天取经？"行者见他问得似有蹊跷，硬生生收住招式，道："如何？"

灵感道："你可知道西天在哪里？"

行者一蒙，无力细想。灵感又道："世人执迷，怎么又说我不是？你把那女孩儿给我，你自去你的西天。"

行者冷笑道："妖孽！"

灵感道："不是妖孽，是红尘迷障，五百年你还勘不破？"话音未落，化作狂风钻入通天河内。

- 6 -

灵感的水域里长满了珊瑚。他来到他的花园游荡。这些珊瑚曾一度开遍所有水域，使海无所遁形爬到岸上，淹没长安宝塔上的铃铛，那些铃铛在风吹过的时候发出大雨倾盆的声响，后来大雨真的下了，因为龙王为了他的一个好朋友，为他的醉生梦死长歌当哭舞了一场。传说人间就生灵涂炭了。但是五百年过去，人间还没有结束。

灵感把每一个孩子放在珊瑚的中央，然后看他们安详地睡去。他认为这是美丽的花朵，睡和死亡，生命和不断延伸的骨骼，死去之后的生长和积累，死亡背后的盛开。当骨骼与骨骼亲和，当生与死相互交好，缠绵无尽。

灵感是一个孤独的王子。是一个被流放的囚徒，因为流放而自由。是在逃的偷儿。所以他要在他的花园里得到慰藉，也使孩子得到慰藉。所以灵感的忧郁随着珊瑚的一寸一寸积累坚固。他看到他的朱红珊瑚，那是他为他的小公主而留，她将是人间最游刃有余的可爱生命，他要带她来这里，告诉她这是她的床榻，她能够在此永远安然入睡。她的安然入睡也是他最大的慰藉。然而他的忧郁坚不可摧。不像珊瑚有着坚固的模样有时却像一千年的时光一样脆弱不堪一击，不像娇柔的生命吹弹欲破。他的恨气一天比一天重，加重了一千年。他为活着的孩子痛心疾首，脸上隐约有了病容。

他见到她而不能带她来这里给她安宁，他很忧伤。孙悟空也许是个注定要永远永远走下去的人物，西天也许是一个终点，如果找不到这个终点，那么滚滚红尘中的生灵将永远在疲惫和痛苦中殚精竭虑地承受行走的苦役，人间没有终点，人类浑然不知地行走在万劫不复里。

孙悟空阻止了我，他不停下来然而他阻止了静止的我。我很忧伤。忧伤使我的伤寒深入骨髓，寒……整个水域的伤寒，于是，一夜之间，通天河水冰冻三千丈，缘愁似个长，花园上方的余地大抵这般深厚。

那一夜，人们都冷得睡不着。开门一看，下雪了，鹅毛大雪铺天盖地迎头落下，彤云密布，惨雾重浸，朔风从天这边刮过整个天空向天边外悲号。师徒四人歇在陈家，厢房内，童仆扫路送汤，滚茶、乳饼、炭火伺候。八戒问："有没有天理呀？七月，哎，不讲春夏秋冬的么？"陈澄道："怎么不讲？可是谁规定七月不准下雪的么？"八戒呵呵一笑道："是了是了，是我糊涂了。"

八戒啃着饼，炉火上煨着素酒一壶，窗外雪景别样宜人，八戒眯着眼睛看着，实在觉得惬意的时候，索性就哼起歌儿来。

哼了一会儿歌见竟无人搭理他，就用筷子敲敲酒杯，道："我说沙，你怎么不和我抬杠呢？你刚刚应该很诚恳地对我说：'师兄，我有一件事要告诉你。'我就很有兴趣啊，说：'你说呀，什么事？'你就更诚恳地说：'你唱歌真的很难听。'然后我就有事干啦，我可以问你：'怎么难听啦？'也可以说：'那你唱一个来听听。'说不定你就唱了，还说不定唱得不错，我当然不能承认，就接着贬你。哎，你说这样好不好？一般像我这样一个角色，还要有一个成天和我抬杠的小师弟才对的。对不对？——真是太对了，就这样吧，照我刚才说的再来一次？准备啊，我唱一会儿你就说。我唱啦——"

沙道："你唱歌真的很难听。"

八戒道："早了。"

沙又望着窗外大雪怔怔出神，八戒道："我想起一句话，四季嬗变，如人饮水，是不是很有道理？"

一秤金一撇嘴道："我不喜欢雪。"

八戒喃喃自语："有道理的话通常是没人听见的。"

八戒喊道："陈老爷，还有乳饼没有？"

陈澄道："有，有。"

三藏微笑道："还要酒。"

- 7 -

又歇了一天一宿，不知通天河究竟冻得如何，是等天晴化冻办船而过，还是趁此层冰早奔彼岸，难以定夺，一行人便往河边来看。八百里通天河都冻得似镜面一般，路口上有人行走。陈澄道："这些人都是做买卖的。我们这边买百钱的东西，到那边可以卖万钱；那边买百钱的东西，在这边也可以卖上万钱。利重本轻，所以都冒着险跑这一路。往年五七人一船，或十数人一船，漂河而过，现在看到河道冻住了就步行，真是不顾性命了。"

三藏道:"世间事唯名利最重。像他们那样为利的,舍生忘死;我弟子去往西天,或许也不过是为了浮名,和他们也没有什么区别呀——说是浮名,其实生死也不如名利重,那么生死就更是浮尘流光了。——不知道这冰可承受得了这份轻重?"

沙小声说:"恐怕不能。"

八戒乐呵呵地说:"对啊,不如再住几天,现在七月,一天比一天冷,我们等到春暖花开时就可以让陈老爷备一条船送我们过去了。"

行者问道:"走不走?"先望着三藏,转而回头看了眼被陈澄抱着坐在马前的一秤金。三藏道:"走。我们停在陈家,我们的时间也是在走的。"

沙想,这个我倒不曾料到,佛要我计算通往西天之路上所走的行程,原来真的是很难很难呵。沙一直垂着头,看着自己脚下,土地冻裂了。

走就走吧。陈家捧出干粮饼馍、碎散金银,觉得仍不能答谢救下两小儿性命之恩,就说再送一程,师徒四人也就承了陈澄之意。

这一直行到夜色一点一点浓起来,一星半月已升起在天。路上寡言少语,行者对陈澄道:"天将晚了,就此别过吧。"

三藏也勒住马,回首道:"施主请回吧。"

星光月华映得冰上亮灼灼白茫茫的一片冷光,映着三藏苍白的脸颊,他像个孩子一样柔弱、敏感、冷漠、坚毅。这样的神情,行者觉得,就叫做慈悲。

陈澄又叩谢,遂此相向而别。行出不远,听得身后陈澄唤"金儿",回头看见一秤金从马上跳下来,小小的鲜红的身影从银白色的冰原上向这边跑过来。三藏下马，一秤金直奔到他面前，也不能够开口说出话来，只是一颗眼泪流了下来，正滴落在三藏掌心。这一颗眼泪如千斤坠，只听得脚下冰层喀喇喇一声亮响，河面不堪重负迸裂开来，三藏与一秤金一并跌落水中。

- 8 -

　　灵感的抑郁崩然裂开一道口子，从上面落下一个男子和一个女童，他蓦地一惊，认出那女孩就是当日被孙悟空抱走的一秤金。小女孩一副惊恐的样子，紧紧攥住男子的衣袖，那名男子也受了惊，目光里有一种犹疑和安定。灵感猜出这就是三藏。他改变了主意，当他看见他目光当中的慈悲，便妩然一笑："三藏！"
　　三藏也发现灵感的微笑轻如莲花绽放几乎无法察觉，而他懒散地披着美锦华服，长发如瀑，赤足，在他的花园中排遣无法排遣的忧伤。灵感道："不妨和我来。"
　　灵感想要两个人的停留，想要全世界的停歇——世人永无休止的运转是一场巨大的梦魇。至于孙悟空，他要行走就让他行走吧，结束三藏，结束人间的梦魇，使孙悟空与整个世界孤立。他生来就是一个单独的人物，直到有那么一天，终于只剩下他和世界，他孤独但是无法停止，他死不了。
　　三藏与一秤金随着灵感来到他的花园。看见灵感认为的生命的骨骼，但是三藏不同意。三藏只是轻轻摇了摇头。

灵感微皱了一下眉，道："你知道什么？"

三藏还是摇了一下头。

灵感的眼神又变得艳丽而锋利："你所知道的和我知道的不一样。"

灵感接着说："不过你走不了了。我知道西天在哪里，你留下来的话，我就告诉你，而你就去不了那里了。我不告诉你，恐怕你是找不到的。"

灵感平缓地说："你还是死吧。"

他相信自己的决定就是结果，他的念头很多，可他做过的决定很少很少，在此之前只有一个。

三藏忽然笑了一下，问了个有点奇怪的问题："一秤金，你饿不饿？"

灵感拂袖而去。

一秤金抱着那株红色珊瑚哇哇大哭起来。

- 9 -

冰层裂开之际，行者慌得跳上空中，八戒、沙、白马都落入水中。八戒本是天蓬元帅临凡，当年掌管天河八万水兵大众，沙是流沙河内出身，白马本是西海龙孙，故此能知水性，在水中捞着行李，涌浪翻波，负水而出。行者道："师父呢？——那厮！"

沙道："行者，你下水要捻着避水诀，抡不得铁棒，使不得神通，打不得妖怪，不如我们惯水的人先下去引他上来，好不好？"

八戒道："'我们'说的就是你和我喽。那好吧，下去看看怎么回事儿。"

行者应道："好，那——妖怪……要小心。"看二人分开水路入通天河内，坐在云端发起呆来。

——什么叫妖怪？怎样算妖怪？——孙悟空，你可知道西天在哪里？——红尘迷障，五百年你还勘不破？

八戒与沙向水底下行了数百里，抬头见一座楼台，上有"水鼋之第"四个大字，应该就是妖怪的住处。八戒闯至门前大声叫起来："泼怪物！送我师父出来！"灵感陡一转身，皱了皱眉头，操起兵器就命开了门，立在八戒和沙面前，冷冷地看着他们。

二人都一愣，没有料到这妖怪会就这样应声出来，也没有料到是这般好模样的人物。身上衣物华美好似云霞闪着金色的光芒，长发有些不经意的散乱，惆怅而骄傲，好重的悻气。手里一对九瓣赤铜锤。

八戒忍不住赞道："好人儿。"又板下脸道："你！弄的冷风，下的大雪，结冻坚冰，害我师父！快早送我师父出来，就不和你计较了！"

灵感道："我何尝害他？他走不走可由不得你！"

八戒道："那就只有打了！"

八戒又道："请，请请，不要客气。"说完抢起九齿钉耙朝灵感打去，灵感身子一侧，沙才省起自己也要动手帮忙的，提着降妖宝杖加入战团。灵感用锤杖格住宝杖，八戒钉耙又拦腰扫到，灵感只好向后退跃，八戒飞身扑上，凌空被灵感一锤直袭面门，乱了身形。沙禅杖又至，灵感在空中硬是拧了个身，腾空折了个去势，落地站稳，沙不禁道："要得！"灵感道："我倒是要看就你二人怎么和我计较！"蹁跹而起，痛下杀着。沙与八戒知道厉害，全力以赴。三家变脸，在水底下一通好杀。

　　三人斗了一阵，难分胜败，八戒料到赢不了他，对沙丢了个眼色，二人拖了兵器就走。灵感冷哼道"想走？"一锤追击沙背心，沙闻背后风声凌厉，回身挡格不及，八戒用尽全力一耙来打铜锤，被灵感的铜锤震得虎口剧痛，口中叫道："不打了还不行吗？"另一只手拉了沙提身强行上跃。忽然听得灵感说："好，我就跟你们去会会孙悟空。"八戒见他道破自己用意，也不多言，和沙二人提气紧走。

　　灵感追八戒、沙二人直出水面，一眼看见在低低一朵云上冥思苦想的行者，一锤扔出砸将过去："孙悟空！"行者眼见铜锤破空飞来，翻身跌落云头，口中叫道："灵感！我正要问你！"灵感站在冰上，道："晚了！"八戒道："师兄，开打了！"行者道："怎么晚了？"灵感笑道："自你破石而出就已经晚了！"八戒一旁大喊道："再不动手，吃晚饭才晚了呢！"沙道："师兄！拿下他救师父！"行者道："妖怪一派胡言！"一棒往河面上冰层砸下，哗啦啦，整条河面上的千丈厚冰登时尽数裂开。灵感稳稳地立在脚下一块冰上，借力朝后疾退，手臂一扬，衣袂卷起成千上万片冰凌碎片铺天盖地地向行者打去,一面道:"孙悟空,你根本就悟不了空!"行者恼羞成怒,飞身扑向灵感,金箍棒随便一抡,挡开迎面飞来的无数锐利冰锥,挡不开的就任它打在身上,力量足的就打进身子里去,遇到行者愤怒的热血即融化,留在他的身体里,于是行者的愤怒和困惑不解一半燃烧沸腾一半冰冷刺骨,折腾他的全身他的心脏。他左手一掌直拍中灵感胸口,灵感闷哼一声,像一片冰一样飞了出去,行者分明看见灵感在被击中的一刹那嘴角还不屑地笑了一下。正是灵感自始至终的这种轻描淡写的不屑叫行者根本不能确定一件对他很重要的事情甚至不能确定那究竟是什么事情从而愤怒不已,其实是恐惧,因为无知和空洞的恐惧。行者意识到一旦灵感消逝,很难再找到一个人帮助他确定他所无能为力确定的事情。但是晚了,的确如灵感所说,晚了。行者看见灵感的身子就这么飞出去,像一瓣开尽的荷落下,行者也跟着飞出去救他——挽救自己的灵感与希望;同时他看着灵感的陨落,就像眼睁睁看着摆脱又将有多少个五百年懵懂无知的幽暗岁月,就像被压五指山下的苦役的机会离自己而去。他预感到自己的孤独命运。行者伸手去抓,果然被他抓住了,但只是灵感的一幅衣袖,云霞灿烂的丝质衣袍在行者的手里化成几片金色的鳞片。行者低头一看,霎时哑然。此刻灵感摔在水面上幻化成一尾金鱼,一只紫竹篮凭空生出,困住了它。行者有种心头霎时一黑的感觉,原来灵感也会无端身陷囹圄,那么究竟什么才能自由?原来灵感也那么脆弱。一回首,才发现灵感脱手的九瓣铜锤落入通天河中,开出了一片大好菡萏,映着雪后晴日别样姣好。行者这才猜出灵感真的来自西天,是佛前莲花池里的金鱼，听得经的，带着一枝未开的菡萏运炼成精，下至通天河。是不是所有的事情都注定晚了？所有的事情，总是在它已然发生后才被知道，就像开始后的知道开始，结束后的知道结束，记住后的知道忘记。我们在哪里找得到不迟的领悟？

"多好的荷花！"八戒道。

"哦，哦，应该先救师父！我就说！"八戒又道。

"不会吧？我一个人去？抢功了吧？"八戒说。

行者道："唔。"

沙道："大师兄。"

行者道："累了，你们去救师父吧。"

沙点点头，与八戒分开水道寻向水鼋之第，三藏一个人在庞大的珊瑚丛中。八戒问道："师父，一秤金呢？"

三藏道："死了。"

"死了？怎么死的？"

"意外。"

是在玩耍的时候失足跌下摔死的，或者是其他种种意外。意外可能是一件很小的小事，不是每个人都会死得惊天动地。在楼梯上跌一跤摔死的人比从险峻山道摔下去死的人多得多。走过街道的时候也可能被一架马车撞倒，不要以为你要死就得用投石车和连弩火箭对付你。一个人的死有什么大不了的？什么时候都可以死，怎么样都能死，用不着择个良辰吉日做什么准备。你要是觉得什么人一出场就不寻常所以非要有个像样的传奇的死法，那就错了。死都是微不足道的，死了更微不足道，他们收拾了你，然后你就连灰都没了。看重死真的笨得可以，一秤金一点都不聪明。其实死是世界上最简单的事，轻如鸿毛，你不要看重它，你也不要指望别人来看重它。三藏说一秤金死了，就死了，就没她什么事了。对沙和八戒来说，只是他们少带一个人上去；对世界上的人来说，什么事也没有。沙和八戒，对世界上的人来说，也等于什么也不是。这就是意外，偶然，随时随地每一分每一秒每一个凡夫俗子身上都会发生，数不胜数，所以根本没什么大不了的。你悲伤，你就笨了。

行者是笨的。没想到一秤金死了，不是被灵感或什么妖怪害死的。他打得过灵感，但是对日常中的偶然永远都没有还手之力。行者没接受日常意外，他是个笨蛋，而且觉得自己的誓言像通天河上的玄冰一样瓦解，这是第二笨的。没有什么誓言，什么冬雷震震夏雨雪山无陵江水为竭天地合，废话，你看了一千年，上天下地，排山倒海，就在你眼前还七月下了雪，凡人都知道的事情你还不知道，有的是什么誓言！

三藏双手合十："阿弥陀佛。"他的手心里有一颗眼泪，所以合十的时候怀念了一遍一秤金的红色容颜，然后就忘记了。

- 10 -

四人回到东岸，与众相见，大家就帮着忙准备船儿送四人过河去，买桅篷、办篙桨、出绳索、雇水手，正在河边上吵闹，忽听得河中间高叫："孙大圣不要打船，花费人家财物，我送你们师徒过去。"原来是一只老鼋,钻出水面,道:"感谢大圣,水底下的水鼋之第原来是我住的地方,被那个妖邪占了。现在大圣除了他,我不用再挨土帮泥的,可以回家了。"

行者应了一声:"唔。"

八戒道:"真的假的呀?"

老鼋道:"我要是没真情送三藏过这条通天河,天打雷劈肠穿肚烂不得好死。"

八戒道:"太老套了,要不要重新发一个?——哎呀,不过算了,学人话够不容易的了,不为难你了,省得憋得背过气去又说我不尊老爱幼。你上来吧。"

老鼋泅近岸边,将身一纵,爬上河岸,背上有一个四丈围圆的大白盖。

八戒道:"稳不稳啊?我晕船会吐,那可不好。"

三藏道:"多谢了。"就上了鼋背,四人都坐稳了,老鼋蹬开四足,踏水面如行平地。河面上风很大,风里还有细小的水雾,好像还有剩下的冰雪,擦着行者的脸颊飞过。行者的黑色发梢也在风中上下飞舞。

沙垂着头,想,加上八百里,我们去西天又走了八百里。沙又想,别再想了,我老是想些乱七八糟的东西,想了,还要自己在心里说出来,前头就一直在说,说得我自己都烦了,能不能不说呢?说了就错。我有时甚至觉得我自己这样的内心言语已经到了絮絮叨叨的地步,可我有时又迷恋这种感觉。对自己想的东西都会烦了腻了,那么对去西天取经这件事会不会也烦了腻了?可是又不能停下,真是痛苦啊。其实,没有人说不能停下,没有人说非继续不可,都是我自己,我不舍得。其实又有什么不舍得的呢?我真是搞不懂了。总之就是苦恼啊,发愁。再想下去,不知道还能不能数出去西天的行程,不知道还到不到得了西天。唉!沙又想,又在想了。还是八戒好。

八戒坐在鼋背上看大河的磅礴美景,很是高兴的样子。

沙想,师父也很好,不像我,不健康。大师兄也不健康。他是个病人。我也有病,有病还要出来长途跋涉,把那病加深了,入了精神,恐怕就好不了了。

师徒四人驾着白鼋,不消一日,行过了八百里通天河界,干手干脚地登岸,三藏用一只手行了礼,他再不双手合十了。

白鼋道:"我听说西天佛祖无灭无生,能够知道过去未来的事情。我在这里整整修行了一千三百多年,虽然延寿身轻,会说人话,可是难脱本壳。你能不能到西天帮我问一下,我什么时候才能把这个壳给脱了,得一个人身。"

沙想,原来人想成仙得道益寿延年,可是能益寿延年的说到底是为了做人。做人很好么?等我这次的路走完,我也做人试试,不知道做这种一百年内就会死的生物有什么好的。

三藏答应了白鼋,白鼋便入水去了。行者服侍三藏上马,沙和八戒挑了担子,寻到大路一直奔西。毕竟不知此后还有多少路程,还有什么凶吉。通天河是过去了,从此岸到达了彼岸,然后先前的彼岸就变成了此岸,身后又是滔滔浪响,回头看去依旧浩渺无边看不见对岸,也许对岸已不是来时的样子,无法肯定在离开后的那一岸是不是还是原来的那一岸。说什么一苇渡江，从无数个此岸渡到彼岸，这就是路程，就是开章。此岸彼岸，全部就是这样。毕竟不知此后还有多少路程，还有什么凶吉。

chapter 02　第二章

火焰山

- 1 -

三藏师徒四人赶奔西天，说不尽光阴似箭、日月如梭。历过了夏月炎天，几场雨一下，天很快冷下来，天上的云变得稀薄，有时中午也会刮风，一阵紧似一阵。沙觉得冷，手和脚都冷。八戒挺高兴，他喜欢看看沙。沙常常垂着头盯着自己的脚，脚上穿着一双磨破的僧鞋，全神贯注地，露着一截很好看的白色脖子。冬末的夜里，忽然闻到空气中温暖湿润的春天将至的气味，或者秋天的微寒，都会叫他心情愉悦。"太好了，天又冷了。"八戒说。天暖和了，天冷了，天又暖和了，他和很多人一样不断地以欢乐的心情期待着每个新春、每个新夏，期待着新月和新年，常常觉得自己期待的事情姗姗来迟。自然的本质是这样，人们在渴望回到派遣他来的地方去，回死亡的故乡。"好冷。"沙忍不住说。八戒说："冷么？"走过去握住沙的手呵了口暖气，笑嘻嘻地说："要加衣服了。"沙点点头，八戒微笑着抬头，看到很远的天边飞过几只黑色的鸟。远处的山很苍凉，一个接一个的山头，漠漠的，连绵不断。

"果然秋已经深了。"八戒喃喃道。远处的山峰里传来一声不知道什么鸟的叫声，冷清而空空荡荡的。八戒觉得挺好，就是大家话少了点儿，不知道是不是累的，是够累的。

这段路走了几天，却渐渐热起来，起初以为是天时不正、秋行夏令。再走一段更加燠热，热得邪门。三藏苍白的额头上沁出了细细汗珠，他勒马，路旁有座庄院，红瓦盖的房顶，红砖砌的垣墙，红油门扇，红漆板榻，一片都是红的。三藏道："行者，你去那人家问个消息，看这炎热是什么缘故。"

行者拐下大路，径至门前叩问，主人迎出，听闻是前去西天取经之人，连忙请四人入里坐，教小的们看茶，一壁厢办饭。行者询问天气，主人道："离这儿西面六十里远就是火焰山，所以这儿没有四季之分，是一年热到头的。"

八戒道："火焰山？"

主人道："是啊，那座山上有八百里高的火焰，四周围寸草不生，正是去西方的必由之路。假使要过山去，铜脑壳铁身体也会化成汁呢。"

行者问道："既然这样，哪里还有收成？"

主人道："有个铁扇仙的。她有柄芭蕉扇，求得来，一扇熄火，二扇生风，三扇下雨，我们就布种，及时收割，才有的五谷养生。"

行者问道："铁扇仙住在哪里呀？问她借扇子用一用，扇熄那火焰山的火焰，我们好过去，这儿依时收种得以安生。"

主人道:"在翠云山,翠云山芭蕉洞。我们去拜仙山,往回走一个月,离这一千四百五六十里吧。师父要去,吃些茶饭,办些干粮。"

行者笑道:"不用。"向师父欠了欠身,道:"就回来。"

三藏点点头,行者走出屋子,将身一耸,跳上一朵彤云离去。

- 2 -

翠云山山势嵯峨,松柳郁郁苍苍,但听不到有兽吼鸟鸣,只有轻飘飘的风穿过木叶之间的细小的动静。随风传来阵阵清幽的野花香气,分外显出寂静。不知什么地方的一丛一丛一簇一簇的好花儿,开过以后,又悄悄败落了。依稀还辨得出人踏出的路径,就快要被柔乱的草木生长覆盖了。行者凭空觉得这山带着一股淡淡的哀怨,他即沿着山路向深处寻去,只听到自己脚下踩到生草落叶的声响。由于太过安静,甚至辨得出是怎样的一株植物被踏弯蹴碎,不由得生出一份过分的怜悯之心,每走一步的感觉都奇奇怪怪的,就这样来到芭蕉洞口。

芭蕉洞口垂覆着攀攀扯扯的藤萝。洞口地上长满了青翠欲滴的苔藓。行者叫了声门。洞门开了,里面走出一个女童,手里提着花篮,肩上担着锄子。行者上前迎着,合掌道:"小师父,麻烦转报一声,我是上西天求经的人,在西行路上,难过火焰山,特来借芭蕉扇一用。"女童道:"哦,取经的,你等着,我去给你通报。"

那女童一转身就走了。

过了一会儿出来一个女子，一头青丝随便拢了几个发髻垂着，斜斜缀着一支簪子，玉颜消瘦，眉头轻轻拧着。行者一见，一惊，叫道："罗刹。"那女子脚下猛地顿住，睁大了眼睛怔怔望着行者，过了一会儿眼睛里闪亮亮的就要落下泪来。行者又轻轻唤了一声："罗刹，原来是你。"罗刹的眼泪就珠子似的颗颗滚落下来。"孙悟空，孙悟空。"行者听到她叫他五百年前的名字，也是心里莫名一疼，道："嫂子，是我，你可还好？"罗刹道："我怎么会好？"行者道："怎么了？哥哥呢？哥哥可还好？"罗刹泪如雨下："五百年前，他就不见了！"

罗刹又道："五百年前，你们就都不见了！我找不到你们，怎么好？"

五百年前？五百年前曾经发生了很多的事情，有的行者自己都不甚清晰明了，他不止一次试图整理自己的记忆，可是每一次都精疲力竭，觉得自己面对太多太重的记忆，渐渐变得软弱，不堪一击。在西行路上，他希望自己比什么都坚强，不然就无法战胜那么多的妖魔鬼怪。可是到了这里，没有料到又有人对他说，"五百年前……"。五百年前的故事太多太长，他不堪重负，像那座山一样压着他的生命。

行者深深吸了一口气，道："五百年前，究竟是什么样子？"

罗刹深深叹了一口气，牵起他的手，像他信任她一样安抚他，给他回忆的力量。

- 3 -

行者的记忆非常庞大，交杂在一起，就像我们看到的月光下的海。光亿万年迢迢投奔月亮，刚一到就脚尖一滑往下堕，投海自尽的姿势像块石头，残余的温热在接触水面的一刻发出嗞然声响，瞬间冷凝成固变脆变成大陆、暗礁和浮游生物，还有一部分波粒二象性的东西以液态和海纠缠撕咬、抵死缠绵、永垂不朽，坚守全部的旦夕祸福但绝不同化，永远在一起可是永远无法融合。就像一锅煮沸着烧不干的粥，舀一口喝一不留神就烫了嘴。记忆深处寒冷孤寂，伸手不见五指。

由于力不从心，我们把时间当作一条直线，仿佛拉住水面上的一条绳索，即使这条绳子两头都没有地方系着。我们在这条绳子上打点计时，一个结一个结地记事。不要再细究了，假如你说这条绳子上打满了结又不得不在结上打结，最后发现根本没有什么绳子，从来就只是一个大结，只有一个比记忆更庞大的结，那么我无话可说。好了，当这是个活结，小指勾一勾，松成一条绳子。这条绳交给行者，以年为单位、石破天惊的时刻为原点、西天为正方向，在此作为我们的叙事依据，保佑我们不要掉下去。

世界上到处是水，水多得像海一样。在海里有的土成了国土和岛屿，灵魂成了鱼，石头成了山，其余的土和灵魂和石头都成了齑粉或者泡沫，每一天每一天，历经千年，随着太多太多水悲恸地起伏翻滚，拍打那些决心即使同归于尽也在所不惜坚持下去的顽石。

我一直在那里，在得无比安静，听不见外面一个声音，还是没有一个声音能够滴水穿石掉进我的心里面？不知道。来自幽幽而从来不曾见过天，或地，或芸芸。那么漫长的寂静，从混沌里生出来，所以没有根，也不知道有多久。我的孤寂像宇宙那么漫长。我有心，有着婴孩的眼睛和心脏，还有举世无双的柔弱。坚硬的石头庇护着我。我早在此，寂静无声，并且黑暗，因为光的速度跟不上我孤独的蔓延生长，我的眼睛像个瞎子那样清洁。我以为我就是那块石头。我有时想，有时百无聊赖，可什么也想不出来，我有时想着百无聊赖有时百无聊赖地想着，有时干脆就百无聊赖，我像睡一样醒着，无知无视无闻无可失去。一千年前的一千万万个一千年，嘘，我明白，那更长。

终于我打了个哈欠，也就没能压抑住我的第一个欲望，也就是我的第一个灵感：我要睡一觉，趁我昏昏沉沉睡去的当口儿让光好赶上来！第一个欲望之后一百个欲望踩着它的脚后跟摩肩接踵至沓来，我要光要声音或者除了我的眼睛有另一双眼睛温情脉脉地注视我的生命——突然应付这么多事使我在瞬间精疲力竭，打哈欠，精疲力竭，几乎同时我听见一声非常大的簌簌的声响，那是我眨了一下眼睛，睫毛互触，一片寂寞的雪花在凌晨三点落在一片同样寂寞的雪花上，最后因为接触，融化了，变成一颗眼泪——水滴石穿。

顽石轰然裂开。

乍现的过于强烈的日光霎时刺痛了他的双眼，他不禁落下泪来。

他发现自己的躯体与四肢，原来是那么敏感和柔弱、累赘和笨拙，长啸一声，跳起了舞蹈。一边泪流满面。

- 4 -

"是这样么？"
"是这样。"

他在山中行走跳跃，食草木、饮涧泉、采山花、觅树果，与狼虫为伴、虎豹为群、獐鹿为友、猕猿为亲，夜宿朝游，山中无甲子，寒尽不知年。他的灵感自从第一次从他的心里冒出来之后不停息地喷薄而出，因此他飞速生长，一面要更多更广阔的世界，一面听自己心里源源不断的声音，深深怀念他一个人坚固的过去。有一天，他找到了石头洞府。那天，他先听见淙淙的水声，接着找到了那股奔流的涧水，清凉可爱、悦人耳目，水往低处流，他往高处行去，可能面对一股水流都会自然地逆它而上，为的只是好奇它的源头而不是在乎高低。高也好低也罢，都是水。这才是一点在乎所在。他走到山势凌空处、一道瀑布飞泉前，风吹得水像雪花一样散碎飞舞，吹到他的脸上。他瞑目蹲下将身一纵，径跳入瀑布里，睁开眼睛一看，里边无水无波，明明朗朗一座石头桥梁。穿过桥梁，再走再看，真的像他最初的故乡一样净洁而润泽、温存而坚硬，天造地设。他心中欢喜，坐了下来。这就是他的花果山福地、水帘洞洞天,此处远涌山脚之下,直接大海之波。

当他掀开洞口倒挂水帘出来,悬空石崖二三百米以下山野群猴皆拱伏无违朝上礼拜,齐称"千岁大王",声音在重峦叠嶂间荡气回肠。他感到身上吹过一阵寒冷山风,瀑下潭水青翠幽寒,酽酽地漾着几瓣玉色月影,他抬头看见白色的月亮升上正天。自此,他高登王位,称美猴王。

"你那时叫做美猴王,孙悟空就是你。"

"我就是孙悟空。"

孙悟空第一次出逃,跳出他的石头堡垒。

孙悟空第二次出逃,跳出花果山。

他的国土由大海隔开,不服麒麟凤凰管辖,不受人间王位束缚,他在这样的仙山福地自为君主,分派君臣佐使,统领子民,不胜欢乐。美猴王享尽天真,何期有三五百载,一日与群猴喜宴之间,忽然忧恼,坠下泪来。一时间漫山群猴通通惊惶下跪俯首。山风凛冽,美猴王低声说:"今日你我所做的一切,不知道是为了什么?倘使我现在摔下山崖死了,也就是死了罢了,现在不死也无非是一天一天衰老下去,像这瀑布一样直摔向死亡,快一点、慢一点,又算得了什么呢?"众猴闻此言,一个个掩面悲泣,俱以无常为虑。美猴王又骄傲而孤寂地笑笑:"我不想死。我会有办法的。你们怎么不喝酒了?"于是群猴欢呼,又饮酒作乐起来。山风更紧,美猴王独坐高位,也开怀痛饮了整一天。第二天他命人用松竹做了个筏子,独自登上,尽力撑开,漂漂荡荡,径向大海波中。

"后来呢?"

"后来你混迹人世,游荡了很久。"

"人世好吗?"

"好。也不好。不知道你怎么想的。后来你又出逃了。你老是在出逃。一逃再逃,这是你生来的命。"

"逃出人世?后来呢?"

"后来你终于逃出了生老病死的轮回,你学会长生不老的办法了。"

"我成仙了?"

"也没有。你也不想当神仙。你不安分。你想单单独独一个人。"

"真的吗?可是我觉得,有的时候,很孤独。"

"是么……"

"为什么这些你都知道?"

"因为后来你遇见我了,你告诉我的,那时我和你哥哥在一起。我们三个人在一起。"

"哥哥,大力王。"

"是的……大力王。我们叫你好兄弟。"

"……"

"到现在我还把你当成好兄弟。可是他不见了。"

- 5 -

　　孙悟空在外游游荡荡许久，又回到了花果山，又看到他的部下民众。建舍辟田，阡陌纵横，规模俨然，男女老少各行其是，忙忙碌碌，劳作嬉戏，怡然自得。他说不上是什么心情，只觉得欢喜也有，感怀也有，又有种分明已然回到故乡的强烈思念。自己不在多时，故乡发生如此多的变化，物是人非，又好像什么都没有变，一切如常恍如昨日，只是他自己变了。

　　有幼小在泉边戏耍追逐，其中一个小娃娃一头撞到孙悟空怀中，一抬头见是陌生人，先是一愣，见孙悟空面貌俊美亲善，立刻又抿嘴笑了，问道："你是谁呀？你从哪里来呀？"孙悟空笑道："我？"想了想想不出怎么回答好，就说："你呢？你是谁呀？"小娃娃道："我是小猴子，他们都这么叫我，我们这里的小孩儿都叫小猴子，因为我们从前是有个大王的，大王出去寻找长生不老的方法去了。"孙悟空道："我带你飞好不好？"小猴子道："好呀，你果真会飞么？"孙悟空道："来，不骗人，我们勾一勾手指。"小猴子伸出小指头和孙悟空勾了勾，孙悟空抱着他打了个连扯筋斗，跳离地五六丈，勾来一朵云霞，把个小猴子乐得搂紧了他的脖子连声呼叫，然后又落回地面。小猴子喘着气红着脸惊讶万分地望着孙悟空，孙悟空笑道："我厉害不？"小猴子连同那一群玩耍的小猴子一阵连连点头。孙悟空又道："你们大王有我这么厉害么？"小猴子想了想摇摇头。孙悟空笑道："他走了这么久，又不回来看你们，想是忘了你们了，不如再尊我为王可好？"小猴子们又想，这回有的点头有的摇头。孙悟空故意问："为什么不好？我这么厉害，你们不同意，不怕我打你们么？"有个小猴子道："要是打就更不依了，因为新来一个大王，也十分厉害，也会飞，他就不要当我们的大王，对我们很好，还告诉我们说我们的大王会回来的，要我们好生学习安居等他回来。如此这般，我们岂不是更应该求他做大王？"孙悟空一听，觉得好生讶异，就问："新来的大王？"小猴子道："对呀。"孙悟空再问："他从哪里来的？来花果山做什么？"一群小猴子听他这么问，支支吾吾也说不出个所以然，只听出反正是新大王。待众甚好，于民生不曾有半点侵犯，还施以庇护，令其免受凶猛禽兽山妖野鬼袭击。孙悟空疑心来者不善，又笼络民心，有取代他的企图。正想试着再问详细，来了位年纪较长的巡官，见一奇装异服者在儿童中间，顿时心生警惕，想出声盘查，却觉得面目熟识，定睛细看，辨出原来竟是美猴王返归故里，大惊，张口却不知说些什么好。孙悟空朝他一笑，将身一长，吐了一口气，朗声道："小的们，我就是你们的大王，我找到了长生不老的办法，我回来了。"

小猴子们都欢呼跳将了起来，为刚才那个和自己说了这么会儿话的人竟是美猴王又是骄傲又是兴奋，那被带上天的小猴子更是受宠若惊。孙悟空见巡官不知所措，笑道："我很好呀。"那巡官忙点点头，又不知说什么。孙悟空又道："你也很好呀。"巡官激动地说："大王，你好宽心！去了这么久，我们在这里望你诚如饥渴呀。"孙悟空道："我回来了。至于什么新来的大王，他待你们好，我也应当去谢谢他。"巡官又待说什么，孙悟空微微一笑，打个筋斗云翩然而去。下面小猴子们连同巡官都仰起脖子看得瞠目结舌无限崇敬激昂万分。

孙悟空有预感,直奔的是水帘洞。来到水帘洞,穿过那座石桥,又见厅室石桌石椅几榻摆设,无不熟悉,回家的心情呼之欲出。走到再里一屋,却看见一张石床上斜斜靠躺着一个人。这个人穿着一件绒里锦绣袍,腰间束一条攒丝三股狮蛮带,脚下踏着一双卷尖粉底麂皮靴,质材做工都十分精良舒适,可见是一个很懂得享受的人,神态懒洋洋的,只有一双眼睛很亮,带着很多友善望着孙悟空。孙悟空也望着他,眼睛比他更亮,因为他一直在学着使自己的意志坚硬起来。坚硬的东西,就好像刀剑的锋刃冰锥的棱角一样,通常都是很亮很亮的。这时候内里又走出来一个女子,身材高挑,白而长的脸,眉目轮廓之间若带些硬气,堆着高髻,翠袖微舒,粉腕修长,神态却十分温和亲近,见孙悟空,先是一愣,随即浅笑道:"你回来啦。"孙悟空不自觉地答应了一声:"唔。"女子又展颜一笑,眉眼舒长,端着一盆葡萄,一嘟噜紫色一嘟噜青色,水灵可爱,自己拈了一小串后又顺手递给孙悟空,喂了一颗给床上那人。孙悟空接过葡萄,也就拿起一颗吃了。

床上那人微笑着问孙悟空:"甜吗?"

孙悟空望着他,过了一段时间终于笑了:"甜的。"

床上那人道:"为什么还站着?我就喜欢躺着,能躺着绝不坐着。"

孙悟空笑了笑,在一张石凳上坐下来,说道:"我是孙悟空。"

床上那人道:"知道,你是这里的大王,美猴王。我是大力王。她是我老婆罗刹。"

罗刹道:"我们到处玩,来到你这花果山的时候觉得很好,非常喜欢,我们就留了下来,正好你出去了。我们住得很好,这里一切都很方便舒服,谢谢你。"

孙悟空道:"不用谢。"

罗刹道:"听说你出去寻找长生不死的方法。"

孙悟空道:"是。"

罗刹问:"找到了么?"

孙悟空道:"找到了。"

过了一会儿罗刹忍不住又问:"好吗?"

孙悟空道:"我想是好的。因为至少是我一开始想找的。"

大力王吐了片葡萄皮,道:"不如喝酒吧。应该喝酒。"

罗刹嫣然道:"孙悟空从这么远的地方回来,是不是应该找些好酒?"

大力王笑道:"聪明。你知不知道谁的酒最好?"

罗刹道:"是不是龙王?"

大力王笑道:"聪明,又被你答对了。"

大力王和孙悟空喝着龙王上一次送来的还没有喝完的酒,罗刹亲自下厨做了两个小菜,一面已经又派人去向龙王要酒。孙悟空并不懂得品评酒的好跟坏,只是酒封一开就有一股异于偌大花果山峰峦云霭草木涧溪千百风土物事的气息,迅速、霸道、细腻而又从容地弥散开来，再闻又会发现这里头辨得出花果山每一条山涧泉水每一片山区不同树木上的朝霜夜露，每一朵出岫的云朵中缀满的水滴，这种芬芳就像明明不是故乡的广袤却带着故乡细致入微的亲近，叫陌生的人闻了，也觉得已深深怀念许多年。喝第一口酒的时候，孙悟空看见了整个花果山的样子，他离去前的样子，他出生前的样子，他称王后的样子，他回来后的样子。再喝一口酒，血就热了，就再喝，想自己是否应当建功立业为天下人抛头颅洒热血，并且自己也是不会死去的了。孙悟空也喜欢上眼前这个侵占他花果山水帘洞的人了，能喝这样好的酒的人一定是个非常了得的人物，而这样的人物说是最好的酒，那一定是最好的酒了。孙悟空相信他是朋友兄弟，还在他不在的时候代为照看了花果山，其实也是大力王先把他孙悟空当作了朋友兄弟，教他相信是这样。既然是朋友兄弟，大家又都爱花果山天造地设的卓然自由灵秀，也无必要计较其他了。

孙悟空望着大力王的眼睛，很想发问："你可是真心的么？"
大力王的眼睛和他一样坦荡清澈。

罗刹把三四样小菜端上来，都是寻常人家的家常菜，只是格外清爽精细生动可爱，味道鲜美异常，和那龙王的酒又有异曲同工之处，菜里所用的每一样配料都是它原来的味道，没有多一些奇特的部分，每一种味道都尽量将它烹制到最恰到好处的火候，互相之间配合融洽又绝不混淆糊涂。

孙悟空也喜欢她，把她当朋友兄弟，又因为她是朋友兄弟的妻子，亲近中多了一份温婉甜美。孙悟空是无父无母的孩子，在这个茫茫一片大雪的世界上茕茕孑立，愿意大力王做他的兄弟，罗刹做他的姐妹。甚至他也不清楚母亲是一个什么概念，只记得曾经经过升起袅袅炊烟的山村，或是城镇中的一户户人家，一个面目温柔的女子牵一二小儿回家吃饭，以为那种温柔就是所谓母亲。罗刹素手端上可口菜肴的时分，孙悟空就要以为恰恰是这种温柔。孙悟空由于生性善良，便信了他和她跟他之间的情谊。情谊便是需要相信的东西，信它，便有，虽说不信要有也是有的，却未免有得伤心了。

三人心中欢喜。

稍后来了一个人，穿着玉色罗襕服，颜色有些黯淡泛灰，耸壑昂霄，丰伟懒散。他有一双苍老的眼睛，进来看了大家一眼随便笑了笑，笑起来有点儿散淡和落拓，这个人就是龙王敖广。他的怀里抱着两坛酒，坐下就只管自己喝起来，竟好像一点也没有要让别人喝他酒的意思，想自己一个人把酒都喝光。大力王忍不住和敖广抢起酒来，二人也不多言语，只是越喝越快，但是大力王还是喝不过敖广，敖广垂着眼睛，从从容容，还是喝得比大力王快。到后来大力王笑了，也不喝了，看敖广把他自己的酒喝光。敖广喝完了所有的酒，站起来，这才第二次看人，看的时间并不比第一次长多少，道："去我处喝痛快。"说着就大步向外走去。

大力王显出一副很高兴的神情，道："很好！"转脸看孙悟空和罗刹，孙悟空也说："很好。"罗刹朝他点点头，脚下不动了，是要留下的意思，大力王就和孙悟空跟龙王去了。

走到水帘洞石板桥，往下与海水是相通的。

- 6 -

龙王海里的水晶宫邸真的有很多很多世上绝无仅有的好酒。敖广道:"我管着四海的水,那么多,用最好的水和记忆来酿我的酒。"孙悟空道:"和记忆?"龙王道:"是。"孙悟空问:"喝酒是为了怀念?"敖广笑道:"是为了忘却。"

敖广又道:"可是做不到放不了忘不掉。"

那一天他们喝了很多很多酒,都喝醉了。孙悟空还记得龙王说:"我处江湖之远,还要思什么?倘若要我先天下之忧而忧,不如先天下之醉而醉,无爱即无忧,酒浇块垒喝断愁肠。"孙悟空便也记起血溅轩辕的豪情,血是热的,酒却喝得忧伤起来,只觉得是大梦一场枉笑多情。龙王又笑起来,对孙悟空道:"有东西准备了送给你。"取出一双藕丝步云履、一副锁子黄金甲、一顶凤翅紫金冠,还说:"上古的时候有次大洪水,在海里埋了段定海的神铁,你若当真要做英雄,就取了去吧。海定不定枯不枯、石烂不烂,和谁都没有关系,英雄只是其中最无奈的一个人。"孙悟空还是去拔出了定海神针,那是一段乌铁,黑暗无光,沉重无比,两头是两个金箍。这定海神针果然是如英雄的意的。后来大家就醉了。

孙悟空睡梦里,两个勾司人走近身,不容分说,套上绳,就把他的魂灵儿索了去,踉踉跄跄,直带到一座城边。孙悟空渐觉酒醒,忽抬头观看,那城上有一铁牌,牌上有三个大字,乃"幽冥界"。孙悟空顿然醒悟道:"为什么到这里来?"那两人道:"你今阳寿该终，我两人领批，勾你来也。"孙悟空听了冷笑道："真的么？"那两个勾司人只管拉拉扯扯，定要拖他进去。孙悟空急了，掣出金箍棒，把两个勾司人打死了，自解其索，丢开手，抡着棒，打入城中。吓得那牛头鬼东躲西藏，马面鬼南奔北跑，众鬼卒奔上森罗殿，报道："大王！祸事！祸事！外面一个人打将来了！"

慌得那十代冥王急整衣来看，应声高叫道："孙悟空！"孙悟空道："你为什么着人拘我？是不是糊涂了？"冥王道："那是因为你的期限到了，不会错的。"孙悟空道："怎么会！我还没有活过多久啊！我觉得不够啊！"冥王虽有几分害怕，仍然挺起了胸膛坚持说："生死有命。有人觉得活一辈子已经实在太长，有人觉得譬如朝露流星转瞬即逝，去日苦多，恋恋不舍。可归根到底都是有期限的。这个期限是生命的一个属性，什么都不能违背啊。我都是有记录在案的，绝不会错。"说着命掌案的判官取出生死簿子来查。那判官不敢怠慢，到司房里，捧出五六簿文书并十类簿子，逐一察看。一般自然常有之物属都没有孙悟空的名字，另有个本子，直到那魂字一千三百五十号上，才注着孙悟空，天产，该寿三百四十二岁，善终。孙悟空见了，觉得胸口一闷，被人捶了一拳似的说不出话。冥王不卑不亢地说："孙悟空，你说是我糊涂还是你糊涂？"孙悟空任性起来，抓了支笔，拿过簿子，连同自己名字胡乱勾画了，摔下簿子道："了账！了账！今番不服你管了！"一路棒打出幽冥界。那冥王咬咬牙，觉得孙悟空这样做绝对是不对的，要出大乱子，决定去奏闻上天，不在话下。

孙悟空打出城中，忽然绊着一个草疙瘩，跌了一步，猛地醒来，原来是南柯一梦。才觉伸腰，只听到龙王的声音:"吃了多少酒,睡这一夜,还好么?"

孙悟空道:"还好。"

龙王道:"醒来好还是醉着好?"

孙悟空不知道怎么回答,龙王已经走出去了。

- 7 -

行者道:"这么说我是回来之后才获得长生不老的?"

罗刹道:"分不清了。"

水帘洞的石板桥下时常映着月亮的倒影,月亮在天上开了谢谢了开,总也开不到荼蘼。孙悟空跟大力王和罗刹日逐腾云驾雾,遨游四海,行乐千山,施武艺,弄神通,讲文论武,走杯传觞,弦歌吹舞,朝去暮回,所谓点头径过三千里,扭腰八百有余程。有年冬天,天格外寒冷,把水帘洞口都结成了冰。三个人也不想外出,坐在洞里,孙悟空望着洞外怔怔出神,大力王有一口没一口地喝着酒。这时候孙悟空觉得很冷,很孤寂。所幸有朋友在身旁,大力王把酒交到他手上,他一仰脖子咕嘟咕嘟都喝了,顿时觉得温暖。大力王说这是他们最后剩下的酒,龙王又四方云游去了,不知所之。孙悟空一愣,却说不出什么感激的话,大力王也没给他说的机会,坐到另一边去看洞口的冰凌。罗刹走近,偎着大力王坐下,也不多说什么，三个人就这样互相陪着过日子，在世界上便不是孤孤单单一个人，并且是互相相信着的，这样便很温暖了。有年夏天，罗刹生了很重的病，大力王上穷碧落下尽黄泉地求药，孙悟空亲眼看见他在一夜之间老了许多，一副焦虑伤心的样子，在罗刹面前却始终面带微笑，要罗刹相信他，要她也有信心。秋天，罗刹的病终于慢慢好了，也没有对大力王说过一个谢字。孙悟空从不见罗刹哭过，或是大力王失去信心，他想其实他们都比他坚强。也许大家都知道天下没有不散的筵席，大家在一起，又能惺惺相惜，求不了长久，只能珍惜。可是大家确实在一起看月圆月缺，却暂时不想人事的阴晴圆缺了。

　　罗刹道："我想起来了，是龙王，他是他的好朋友，你可以去问龙王，我不想再说了，我也不清楚。"
　　行者道："那好吧，我去找龙王。你不好么？你瘦了。"
　　罗刹道："我的记忆也瘦了。"
　　行者道："你放心吧，我去找他。"

- 8 -

　　本来行者是去翠云山芭蕉洞借芭蕉扇，好熄灭火焰山的火去西天，现在却意识到去西天的障碍至少对他而言与其说是火焰山不如说是他的记忆。火焰山横在此去西天必经之路，关隘是注定的事情,也注定罗刹掌有能够熄灭火焰的芭蕉扇。要拿到扇子,就要有直面全部记忆的勇力,于是行者按图索骥去找龙王。

行者捻着避水诀来到东海,点点磷火从深渊升起,升到海面上浮动着,倒映出天上繁星。时而有巨大的长长的身影擦过,那是巡海的夜叉静默地潜行着。行者与他对视,但是夜叉很快掉头继续他自己的巡游,甩出一片粼粼的波光。水族举着火把,照亮它们的珍珠和珊瑚。越往下越是寂静,只有零星的小光亮在周围,再往远处就是幽暗的不可知的水域,一两条发着冷光的小鱼从他脸颊擦过,轻而胆怯而凉的、微小的感觉。行者已经辨不出水晶宫的位置,也记不清楚,是不是五百年前,水晶宫当真有过整片的璀璨灯火,是不是真的曾经响起过夜宴笙歌、瑶瑟玉箫、舞音迭奏。五百年了,记忆的不确定,变成了越来越深的黑暗;还有,冷了起来,海水冰冷刺骨。行者在海底失去了方向。

有一匹动物过来俯首摩擦他的手臂,行者一看,认出是大力王的坐骑辟水金睛兽。金睛兽引着行者去到一处,那里生长着一片修长的海底植物,细长的叶子在水里漂呀漂。敖广在那林子里,斑斑驳驳的阴影笼在他的脸上,明暗晃动不已。

敖广道:"大圣。"

行者依稀记起来,五百年前,齐天大圣就是自己。

那个冥王有品行原则,心里坚定地认为孙悟空那样做是不对、不可以的,一定会造成大混乱,便进表启奏上天玉皇大帝说:"天有神地有鬼,阴阳轮转;禽有生兽有死,反复雄雌。生生化化是自然之数,绝不能改,改了一点整个世间就要有大祸事了。孙悟空逞凶行恶不服拘唤,大闹森罗,强销名号,寂灭轮回,各无生死,这样一来,妖魔都要趁乱生就出来了。我能德有限,力不从心,未能制止,十分惭愧。伏乞调遣神兵,收降此患,整理阴阳,才是紧要啊!"说得字字铿锵,其心殷殷可鉴。

玉帝听了,就问谁去收伏孙悟空来。座下有个年纪老心肠坏的,站出来说:"臣启陛下,不如念生化之慈恩,降一道招安的旨意,把他宣来上界,授他一个大小职务,与他籍名在箓,拘束此间,要是服管就交给他多一点权力,其实也是给他多一点束缚,要是不服管就当场擒了。又不劳师动众,又收仙有道。"玉帝一听觉得这个方法真好真毒。一个英雄就这样被他们算计着,他们想消磨他,扼杀他的自由任意。

那个出计策的就是太白金星。

行者道:"我记得,你管着四海的水,用最好的一些水和记忆来酿酒。我来向你要一些记忆。"

敖广道:"海会枯,石会烂。"

行者道:"喝酒是为了忘却?"

敖广笑道:"是为了怀念。"

行者道:"可是做不到放不了忘不掉。"

当时是午后,阴天,花果山里的光线却并不是想象中那么暗,石头草木都放着白晃晃的光,人在里头也是亮的,伸出一双手来白得耀眼。阳光从山峰侧面照过来，又被各种树的枝叶挡住了一些，但原本就没有很多的阳光，只是一片白，时间也分不太清晰。大力王吃过午餐，记得是中午已经过了，坐在河边钓鱼，罗刹在一旁替她的宝剑打一条新的青色绦子。河岸边长着又密又高的白花花的芦苇，里头躲着水鸟。突然大力王手里有了感觉，心里一动，眼角好像瞥见一条白色身影过去，手往上甩竿，鱼脱钩了，鱼线飞将出去，大力王手上又迅速一紧，往回一扯，钩子上带着一小块织物。钩子的银光一闪，大力王的脸色变了一变。罗刹也警觉到了，她问："是他们来了？"大力王点了点头，道："但不是来找我的。"那就一定是冲着孙悟空了，他二人急忙往水帘洞赶去。

在水帘洞口就见到围着好多人，很兴奋地议论纷纷，说天上下来了人，要美猴王上天做官。

大力王和罗刹进水帘洞，看到太白金星。孙悟空觉得上天是件有意义的事，或许能够成就些什么，可一时还没决定。金星看到大力王，一惊，瞳孔急速收缩了一下，气势一沉，欠身施了个礼，道："元帅好。多日不见，别来无恙？"

大力王道："太白金星好。我现在的确比过去要好得多了。"

金星压住一丝恨意，这次的目的是收服孙悟空，不愿意节外生枝，便不与大力王多言，转而对孙悟空道："这就请您移驾，拜受仙箓。"

孙悟空听金星一声"元帅"叫得奇怪，也不及多想，先同大力王道："他来告诉我，天上有些事情，我想也许是需要我去做的。"

大力王道："那是不好的。那些事不是你做的。你做不来做不好，做了你也不好。"

孙悟空一听很不服气，怎么会我就做不来做不好了？

金星道："天蓬元帅，您在天上的时候，没有做好，也怪不得您。您在下界能过得好，那说明这是您应当的所在。而上界有些事情，是天之大任，也应当有人担当起来，这个世界需要他们啊，倘若他们不出来担当，天地就乱了啊。各样的处所，各样的事情使命，都由不一样的人来完成的。人世民间就是这样，当朝的皇帝管理朝政，和乡村农夫耕种蔬菜，都有做得好做不好的。自然万物也是这样，各行其道，各在其位。"

天蓬冷笑道："自然万物各在其位、各谋其职，那是你等外人看来的事情，其实它们无非是依从本性罢了，从来也不会想到要为你们做些什么。稻谷在地里只管生长，一心只想长得茁壮，至于叫人除糠下锅煮饭来吃，它压根儿是想不到的，人偏偏要觉得稻谷好；毒蛇咬人，无非是以为人对它有伤害，它也是一心只想着自己的生长，照它保护自己的方式，咬了人，人就认为它是不好的。这算什么？天上的事情，你说好，也未必就是好，你自己也未必就觉得好，我倒是觉得你清楚什么是不好的，要用这不好强加到比你活得自然的人身上，好叫你自己痛快些。可你这个人，活着就从未痛快过，不知道被你和被毒蛇咬哪一个更痛快呢！"

孙悟空听出原来大力王也在天上做过事情，然而似乎是没能胜任，于是就和金星很不愉快。然而金星一番话，说他孙悟空抑或是那个能胜大任的人。孙悟空十分年轻，天性善良，这善良由于年轻而十分纯粹，看不出金星挑拨离间的意思，还年少轻狂，于是跃跃欲试，想一展身手了。孙悟空向来服气大力王，就没有多说什么，却又因为金星的话，胆子暗暗长了。

金星道："元帅，若是妨碍了公务，那可大不好。"

天蓬道："什么是公？什么是天之大任？若当真是天下的事情，那么自然要有英雄出来担当的。可假使以私心为公，狭隘为天下，英雄岂不末路？你口口声声要人出来担当，可你心里清楚他们要是真的出世，才真的会乱。这乱也是自然，是一种蓬勃，你们见不得，才要人出不得世。担当你们的事情，和戴上镣铐有什么区别？枷锁就先把英雄的脖子铐软了！"

说金星狠毒，也只是他的手腕计策。金星与上界有他们的道理，说是英雄生乱、乱生妖魔，天蓬也说是英雄生乱，问题就是要不要英雄。但倘若没有英雄，妖魔难止，又由谁来铲除？孙悟空从来不知道英雄那么矛盾，做起来那么劳苦性命的，只以为好，一心想做。正好他的的确确一心想生长自然的自己，正好他就是个英雄。命中注定，就像花要开果要结一样，不是为了让人品赏，只是自己生命中自然的属性。

孙悟空向天蓬道："我确实想去看看更多的东西。"

金星沉声道："元帅，擅离职守的罪还没有追究呢！"

天蓬笑了笑道："我麾下千万水兵的时候，也想过要去征讨什么叛逆才好。可是没有叛逆。不知不觉已经觉得叛逆是好的了，偏偏没有。于是我又发现，天河内的水兵才是可能的叛逆，却统统被编入队列淹埋在荡荡天河中了！果然是建军队以平乱，乱不在其他，而在编内本身啊。招孙悟空上去，是不是一样的手段？"

天蓬巧言令色，金星不愿再理，向孙悟空道："力要有所施展。"

孙悟空想了想，点头说："是的。"又对天蓬道："我喜欢花果山，虽然有的时候我骂这个地方，也是因为我太喜欢它了，这是我生长的地方，我知道我在别处都不合适，在这里最好。可是你知道么，我待着待着，有的时候，简直觉得就要闷死了。我想出去，又不知道干什么。我朝游北海夜奔苍梧，叫嚣乎东西隳突乎南北，还是不知何所终。假如说花果山是我的故乡，为什么我不能够在山顶的月华星辉白露夜雾之中安然入睡？其实生活并没有什么不好的了，只是太爱惜它。我很难忍受日子在石碾子底下被自然而然地碾碎，我恨徒然消耗，一点一滴无法停止地蒸发掉生命力——生命，和力气。我觉得我像很多泡沫，在海里面漂浮，翻滚，化为乌有。我在大海里，大海的波涛汹涌澎湃，但是我一点力气都没有，对那么多事情，我都是无能为力的，这一点我不甘心啊！人的一生有限，那么短，还要受折磨，还要硬生生地消耗，那么苦。我呢，我的一生没有限了，假如还要受折磨，还要硬生生地消耗，那这苦我怎么能够承担啊！我是多么企盼着，有一些具有力度的事情、具有强度的事情发生于我身上。我一直都在追求着，要追求我自己的力度和强度。你能明白吗？"

天蓬沉默了一下。罗刹道："明白是明白，可就是告诉你，那不是好的。也许想得不同。也许你还不知道。我们只是觉得怎么样于你是好的，可也许这也是你注定要经历的过程，这是你成长途中必经的劫难。"

金星道："这就请孙悟空和我走吧。"

孙悟空对天蓬与罗刹道:"保重。"

罗刹道:"且行且珍惜。"

天蓬已经躺下喝酒了。

这竟是孙悟空最后一次见天蓬。

- 9 -

敖广道:"你怎么回来了?"

行者道:"我陪三藏去西天取经,路上经过火焰山,火焰山有八百里高的火焰,我过不去。"

敖广道:"明白了。是火焰阻挡你的前路,你又走回来。往回的路,顺不顺利?"

行者道:"还好。前尘往事,也没想到会再走回来。——天蓬是谁?"

敖广道:"是我的一个朋友。也是你的朋友。"

行者道:"他现在在哪里?"

敖广道:"我也不知道。那天他喝了酒,并不算很多,可是醉了,这一次醉得很厉害,醉了就走了,走得他自己再也想不起来他是谁,从哪里来,要往哪里去。"

行者道:"我至少要知道,我是谁,何去何从。"

行者又道:"我还要知道天蓬哪儿去了,他是我的朋友、罗刹的丈夫。罗刹在火焰山，火焰山挡住了我的去路。"

孙悟空在天上的事情是养马，当他上到天庭硬朗朗站在正中回答"我就是花果山水帘洞孙悟空"的时候，包括玉帝在内的人都为他的飒爽英姿所折服，结果玉帝却派他去养马。天上有一千匹马，都是嘶风逐电、踏雾蹬云的神马。这些马有的时候很安静，一千匹马安详地在云朵上散步，喝云朵里饱满的雨水。孙悟空和它们在一起，也变得很安详。马在他的身边泯耳攒蹄，马的睫毛很长，目光很驯良，马看人的眼神很温存，楚楚动人，看着看着好像要落下泪来的样子。有的时候它们愤怒和奔腾起来，一千匹马像疾风骤雨、惊涛骇浪一样狂暴不安，它们像是渴望飞翔和撕裂，仰天嘶鸣，震撼整个一马平川的天空。孙悟空驾驭着它们之中最狂野凶悍的，紧紧搂着它的脖子，用他自己的力气驯服它，然后安抚它，给它平静的信念。孙悟空一个人驾驭整个马群。他是喜欢他的工作的，马好像活得比人自然，它们天性十分纯朴，比云朵还干净。

人就不一样，即使是神仙，他们还是轻视他。轻视他的还都是些不入流的小神仙，说他出身荒野，做的弼马温也只是末等的事情。孙悟空平素养马，凡事不萦于怀，自由自在，闲时节会友游宫，交朋结义，见三清称个老，逢四帝道个陛下，和九曜星、五方将、二十八宿、四大天王、十二元辰、五方五老、普天星相、河汉群神，俱以兄弟相待，彼此称呼。也许是有小人嫉恨了，还传出了些其他恶言中伤他。孙悟空非常生气，被并不了解的人轻视像是种大侮辱似的，恶言像淬了毒药的刀子一样，随时伺机划破他身上每寸肌肤,好让毒最后见血封喉流到他的心里去。孙悟空当时心里窝火,提了金箍棒就打出南天门去了。

回到花果山,他们告诉他,他去了天上半年,地下已经过去百十年了。

还好罗刹红颜并不见老去。孙悟空问天蓬的去向,罗刹说去龙王那里喝酒了,或者心里有什么不愉快的事,喝一会儿也就回来了。罗刹还说了,敖广是个看得透的人,和他喝酒也未尝不好。孙悟空说,只是冷落你了。罗刹并没有多说什么。可是但凡相互爱恋的男女,总也是有互相暗中伤害的,只是由于爱得厉害,便说不出什么责怨的话了。并且由于爱得厉害,一些极细小的情节也会像玻璃碎屑一样锐利,很容易伤着,伤往心里去,记得比较牢一些、久一些,反而难好。那些忧伤也是本来就说不出口的,<u>丝丝缕缕</u>,没有形状。

孙悟空这一次索性就自封齐天大圣,竖起了他自己的旌旗。他觉得和天作对也没什么不可以。

这一来触玉帝心筋了。这妖孽果然要作乱。生产于一块冥顽的石头,在纷纷扰扰的凡间颠簸,擅销在案的生死,打破自然天理伦常,上了天还不安分私自离职,竟又回到这产逆种生反骨的蓬勃山水之地做他的逆党头领,还叫做齐天大圣!挑明了,再不能容他了,天要灭他。

孙悟空还不知道,他也不怎么把天放在眼里。他并不全是骄傲,而是天真。

他只是回想自己这一路，惹尽尘埃，不免有些自怜。铮铮的少年，也在这雨后空山、松间明月下的自怜里逐渐向汉子长大。

- 10 -

天上派托塔天王李靖为降魔大元帅，哪吒三太子为三坛海会大神，兴师下界。李天王与哪吒点起三军，率众头目，着巨灵神为先锋，鱼肚将掠后，药叉将催兵，降至花果山。巨灵神抡着宣花斧叫阵，美猴王就戴紫金冠、贯黄金甲、蹬步云鞋出来了，还披着赭黄袍，手执如意金箍棒。巨灵神和孙悟空交手，打得播土扬沙，最后孙悟空一棒当头击到，巨灵神闪躲不及，慌忙用斧架格，震得浑身一麻，虎口渗出血来，咔嚓一声，斧面裂作两块，巨灵神撤身败阵。孙悟空首战告捷，意气更盛，心中却不免迷茫，无端为何打我？这样一来，就觉得受了伤。

巨灵神败走回营，哪吒甲胄整齐亲自出战。这哪吒真是个出色人物，神奇敏悟、骨骼清秀，幼小就做出剔精血还父母的事迹，脾性纯烈刚强，现在一副玲珑剔透的莲花骨肉。撞到水帘洞，孙悟空看到这样的好孩子也不免心动爱护。哪吒变化三头六臂，操着斩妖剑、砍妖刀、缚妖索、降妖杵、绣球儿、火轮儿，丫丫叉叉，扑面打来。孙悟空见了，心惊这小孩本事，也专心应战。天兵便和花果山逆贼混战开来，天昏地暗，地动山摇。哪吒和孙悟空各逞神威，斗了三十回合，半空中好像雨点流星乱飞乱舞，不分胜负。这时孙悟空变了一个他的本相，舞着棒，演着哪吒，他的真身却一纵，赶至哪吒脑后，着左膊上一棒戳来。哪吒正使法间，听得棒头风响，肩膀急躲，孙悟空棍棒一缩，朝下盘拨去。哪吒闪让，金箍棒斜挑、再绊，哪吒被他着了一下摔倒，吃了痛，"哎呀"一声。孙悟空觉着哪吒着实勇猛可爱，朝他微微一笑。哪吒也没有怨恨，看了一眼孙悟空，收了法，把六件兵器依旧归身，败阵而回。

那阵上李天王早已看见，急欲提兵助战，哪吒倏至面前，说孙悟空确实神通广大，灭他不得，强要灭了也委实可惜。李天王便说好，既然如此，撤兵且去上界禀报，就封他个齐天大圣。其实心里打的是另外的主意：看孙悟空这么厉害，恐怕很难拿下，就算勉强取胜，自己也必将有极大的损伤，不如先骗他一骗，将他稳住，再多遣天兵，围捉这厮，干脆彻底地灭了，叫他万劫不复，永除后患。

天军俱撤，太白金星再来水帘洞请见，向孙悟空道："今次上天封你作齐天大圣。"孙悟空大笑道："好！"他被无端侵犯，而且见到来者杀意昭然，心已经冷了。金星见他大笑，也不知道到底是什么意思，看似事情暂妥，心又虚，在一旁讪笑，一刹那只被大圣笑得冷汗浸湿后裳。孙悟空怒从心头起，恶向胆边生，撇下金星，一个筋斗翻上云霄闯入南天门，天上正筹备设宴，大开宝阁，瑶池中作蟠桃盛会，孙悟空直入蟠桃园，见那夭夭灼灼、棵棵株株的桃树，摘了那九千年一熟的紫纹缃核的蟠桃囫囵吃了，还有满园坠着枝条的成熟果实吃不了，便抡棒统统打落，这些吃了可以霞举飞升的蟠桃骨碌碌掉到混浊凡世间去，下界贤人异能妖魔辈出，就是这个缘故。孙悟空出了蟠桃园，上到离恨天太上老君炼丹房，吃了老君的九转仙丹，猛地想到自己抛下了花果山，急赶回花果山。

果然大军已压上花果山，玉帝差四大天王，协同李天王并哪吒太子，点二十八宿、九曜星君、十二元辰、五方揭谛、四值功曹、东西星斗、南北二神、五岳四渎、普天星相，共十万天兵，布十一架天罗地网，水泄不通地围困了花果山。但见黄风滚滚遮天暗，紫雾腾腾罩地昏。罗刹手提两口青锋宝剑，冷颜厉色，与那九曜星恶战。孙悟空道："罗刹，我来了！"罗刹道："天蓬的三万水兵已被抽走，他们废了他的兵力，他现在生死未卜去向不明，看来是不能回来保护花果山了。"孙悟空听了又悲又愤，杀进战团骁勇痛打，九曜倒拖兵器败阵而走。李天王调四大天王与二十八宿，一路出师来斗，孙悟空调独角鬼王、七十二洞妖王与四个健将，这场混战寒风飒飒怪雾阴阴，旌旗飞彩、戈戟生辉，滚滚盔明映太阳，如撞天的银磬，层层甲亮砌岩崖，似压地的冰山，杀得空中无鸟过、山内虎狼奔、扬沙走石，播土飞尘，狼烟煞气掩天蔽日，昏天黑地，直从辰时浑杀到日落西山，死伤无数。大圣得胜，双方收兵罢战。

第二天观世音菩萨派弟子惠岸下界助战。这一仗已经打绝了，不能不打下去。到了非打出个结果不行的地步，这时候谁也收不了手了，没人有办法，而结果必然就是英雄被镇压。惠岸不敌，又求助，观音就请了二郎真君杨戬。杨戬即唤四太尉、二将军，点本部神兵，驾鹰牵犬，搭弩张弓，纵狂风，霎时过了东洋大海，径至花果山。

孙悟空早就寒了心，知道上天非杀自己不可，自己便也非与天斗不可。罗刹心里挂念天蓬。天蓬因预料会有此一战，返回天上调遭自己的三万天河水兵,谁知上界釜底抽薪,叫他的部下统统都背叛了他。罗刹只想着自己不死,能够熬过这场生死战役,说不定能再见天蓬;若是他也死了,她心里没有这点凭借它咬紧牙关苦苦撑下去的信念,早就放弃生的艰苦抵抗了。

　　杨戬清俊秀气,戴三山飞凤帽,穿一领淡鹅黄,盘龙袜、缕金靴,腰挎弹弓,手执三尖两刃枪,神情孤傲冷峻,凌空立着。罗刹便冲了过去,她衣衫残破,发辫松散,却有种叫人近不得身的凛然神气,脸白得像寒霜,愈加显得一双眼睛深深地黑,目光尖利地盯着杨戬,嘴里咬着一缕头发。杨戬被盯得心里莫名一疼。她银牙一咬,那缕青丝断然委地。罗刹道:"天蓬怎么了?"杨戬道:"他领军造反,是罪有应得。"罗刹泪光一闪,刺到杨戬的心里去。她提剑直刺杨戬胸口,杨戬竟来不及闪避,剑及身才一让,青风宝剑直刺进杨戬肩胛骨下一寸有余,没进身体三寸。杨戬负痛,蹙紧了眉头,强力一挣,把宝剑生生拗断,带着那一截断剑,另一只手一把抓住罗刹手腕,恨恨地看她。罗刹大惊,挥另一只手的宝剑来砍,杨戬袖子一扬将剑打飞。罗刹被他的功力震住了,睁大了眼睛看着他,苍白的脸上逐渐泛起恚怒的酡红。杨戬就这么抓着她,也看了她好一会儿,然后她用力挣脱了。

　　孙悟空赶来,罗刹就伏在他的肩膀上失声痛哭。孙悟空站着,看着杨戬,杨戬也看着他,和罗刹。罗刹用尽力气哭泣,泪如泉涌,哭得肝肠寸断摧人心肝,她已经很久很久不曾哭过,那所有的委屈和难过统统在这时候汹涌而来,沾湿孙悟空坚强的肩头。孙悟空的一只手放上她的头发,把她搂在怀里,并看着杨戬,杨戬也看着他们。两个男子安静地聆听着她一个人的哭泣、她的悲恸，整个花果山留给她一个人痛哭；而周围，十万天兵包围，他们穷途末路。

杨戬长啸一声，动手了。孙悟空抱起罗刹，将她放在一小块空地上，掣出金箍棒来接招。这一过手就是三百个回合，孙悟空经连番恶战，杨戬受伤在前，招式却非但丝毫不见缓滞，反而益加急骤凶险，生死在毫厘之间。天将天兵插不入手，堤防愈紧，把大圣围绕中间。杨戬摇身一变，变得身高万丈，双手举着三尖两刃神锋望孙悟空着头就砍。孙悟空也变化自己的身躯，像昆仑山顶的山峰一样，用棒抵住杨戬的凌厉杀着。阵底下，四太尉、二将军传号令，撒放草头神，向水帘洞外纵着鹰犬、搭弩张弓，一齐掩杀。毕竟来的是天兵，花果山军心涣散，抛戈弃甲、撒剑丢枪，跑的跑、喊的喊，上山归洞，好似夜猎惊宿鸟，飞撒满天星。

孙悟空忽见本营惊散，不由得心头一慌，收了法象，四下张望，未能寻着罗刹，也来不及多想，抽身就走。杨戬哪里肯放，紧追不舍。孙悟空前头猛地被四太尉、二将军堵截，慌了手脚，把金箍棒捏作绣花针藏起，摇身变作个麻雀，飞到树梢。那六人前后寻觅不着，吵吵嚷嚷。杨戬赶到，见那树上麻雀一侧翅膀连带一片胸脯羽色偏深，显是被水打湿，认出是罗刹的泪水，撇了神锋弹弓，变成饿鹰，抖翅飞扑。孙悟空见了，一翅飞起，变成只老鹚冲天而去。杨戬见了，急抖翎毛变作大海鹤，钻上云霄来啄。孙悟空将身按下，笔笔直往下坠，投入涧中，变作鱼儿，潜往水下。杨戬在水面上运功催动寒气，要把水冻住，将孙悟空困在冰里。孙悟空一惊，只能自己也变成水，在水的间隙中逃脱，只觉得身体越来越僵硬，周围阻力越来越大，移动越来越困难，好不容易挤到水面，借着胸口一团热气蒸发上天成云。杨戬继续催动内力使温度不断下降，周围百万士兵的铠甲都结了一层冰霜，兵刃都被冻脆了，呵一口气掉一地的冰碴子。孙悟空在天上扛不住了，打了个激灵，凝成雨就跌了下来，跌到当中终于化成雪了，散散落落飘下。杨戬催起一阵狂风，直吹得士兵须眉似铁、东海浪高，只教孙悟空躯体的碎片四分五裂不能归复一处，雪花团团滚滚漫天纷飞。孙悟空强提一口真气，顺势往灌江口飞。此时杨戬经恶战后又如此不顾惜自己地全力以搏，使得胸前的剑创不断汩汩地渗出血来。孙悟空逃至灌江口，支持不住变化，现了本相，再欲提气逃奔，南天门遥观下界战事的太上老君取了一只金刚琢往下一掼。孙悟空只不防有此暗算，被打中天灵，摔倒在地，就势滚开要逃，杨戬的哮天犬扑上前冲他腿上张口就咬。他又跌了一跤，四太尉、二将军赶到，一拥按住，即将绳索捆绑，拿勾刀穿了孙悟空琵琶骨。齐天大圣意气已尽，再不能变化，便被擒住了。

  他们把他押到天上，绑在降妖柱上想要将他碎尸万段，刀砍斧剁、枪刺剑戳，他以空前绝后的坚忍默默坚持着。在这过程中，他紧闭双眼尽量不去感受身体承受的痛苦，他用从石头出世之前的寂静和漫长的记忆来冰镇肉体的苦痛，他想着：我那个时候，那么好那么坚硬，我连那么坚硬的石头都可以打破，又有什么能够打破我呢？没有什么能破坏我的，你们都是痴心妄想！刀剑越是伤害他，他越是深深想那块石头的记忆，想得越是坚强，他的身体最后就变得像那石头一样坚不可摧。他们又着火部众神放火煨烧，着雷部众神以雷屑钉打，千方百计的每一次伤害都使他增长抵抗的能力。最后太上老君把他放进八卦炉，用三昧真火锻炼，要把他化成灰烬。

闲愁如飞雪，入酒即消融。花好如故人，一笑杯自空。我愿东海水，尽向杯中流。

- 11 -

水流一阵一阵有些急的时候，那些修长的海底植物就一阵摇晃，叶子相互摩擦，发出像一个人因为没有人听琴，心里想着不知道听琴的人会在哪里什么时候会到来，手指在弦上摩挲出来的声音。敖广时常在这林子里面喝酒、作歌舞，月徘徊、影凌乱的，就是他一个人，醉了就自己睡过去，睡过去的前一刻还会说："明朝有意抱琴来。"总是他自己一个人了。那场变故之后，忽忽几百年来都没什么朋友了。满眼生涯千顷浪，不醉又怎么样？几百年，朋友失踪的失踪、受害的受害、断肠的断肠，多少人间事，天涯醉又醒，纵然颠倒醉眠三数日，不思量，自难忘，醒来又平添不解愁。

敖广笑笑，道："还记得当年这些事情吗？"

行者也笑笑："记得。"

敖广道"怎么就走不下去了呢？真是的。说酒是穿肠的毒药，其实记忆才是呢。"

行者见旁边的红泥小火炉上煨着青绿色酒，想起他们曾经一起喝酒的下雪天气。

敖广突然又道："哦，总算是还有一个人来的。杨戬，你知道么，心狠手辣的杨戬，那次我救走天蓬，和他交过手的，但是最后他又忽然放我们走了。我犯了错，可我是天定的龙王，他们不能废黜我的。那以后杨戬每年都会来找我一次，也不怎么喝酒，说酒喝多了，心肠就软了，拿兵刃的手会抖。心狠手辣的杨戬，来我这里，也许，只是为了听到什么人的消息吧。"

行者和敖广都默默喝酒，不说话。良久，行者缓缓道："也有可能，那一仗根本不是这样，也许这件事根本不是这样。我应该自己推翻了从头来过？"

敖广道："你来找我，我这里有的都是传说，你过去的事情已经变成传说了。真相呢？你自己已经想不起来了吧，那是不可能再记得起来了。若是推翻了，你还找得到再来这里的路么？没有根，开不出花，花落盈杯，还是，喝了吧。"

行者道："嗯。我也知道那是很累的。就是，来到你这里，索性承认不甘心了。"

敖广道："我知道你不甘心啊，那又能怎么样？你已经活在这个故事里，没有它就没有你，你却想记起真正的故事，可那毕竟是别的故事啊！……不然你走不下去了。来这里就是为了走下去。你真是矛盾。"

行者道："是啊，我真是矛盾。我就是为了要走下去。"

敖广道:"那就对了。陷在悖反里出不去,比压在五行山下还辛苦一百倍吧。"

行者笑道:"好,不纠缠了。后来呢?"

敖广道:"故事如此,故人却不知今宵酒醒何处。"

孙悟空在八卦炉里炼了七七四十九天,想到生命令安在,忧戚涕下,眼睛忧伤得像秋水一样亮。突然有一天,大约是有什么人推倒了八卦炉,孙悟空跳出来,眼前强光,泪流满面,也不曾见到推倒炉子的人,想是烧火小童犯了大错仓皇逃走。孙悟空东打西闯,闯上蟠桃会,蟠桃会上还有个卷帘的失手打碎了琉璃盏,不过这也是微不足道的小事。天神震怒,佛祖终于让这狂妄的东西见识到了天力,让他知道自己渺小得微不足道轻如鸿毛,将一座五行山压在他身上,罚他静思,直到灾愆满日,有人释放他出来。

"蝴蝶飞不过沧海。"

"你一生就是片雪花,在太阳底下的一瞬间。"

"⋯⋯"

他们说话像唱歌一样。哈。

暗无天日的日子,一过就是五百年,过得黯然销魂。

"你终于被释放,再出来行走,锉了锐气,神通还在,现在往西天去取经了。断肠人保得平安,对酒临花,饮酒至咳,相思无边。还有⋯⋯失踪的⋯⋯呢?"

行者道:"哦?"

敖广道:"我上蟠桃会的时候,你已被镇压,那壶酒是我从蟠桃会上带回来的。天蓬正是喝了这酒，我戏说那是'醉生梦死'，没想到他喝醉以后，真的一去再无踪影。他一定是把什么都忘记了，不然一定会回来的。"

行者道："醉生——梦死？"

敖广道："也是传说，传说有这么一种酒，喝过之后可以忘记所有的事情。传说精卫的眼泪掉在海里的那一滴就是。胡说的呢。"

行者道："哦？那是很忧伤的眼泪了？"

"假如真的有'醉生梦死'，你会喝一口么？"

- 12 -

行者离开东海的时候，四顾茫然，不知道应该去哪里。他想到，五百年前，天蓬离开东海的时候，是不是也是一样的状况呢？总之，天大地大，悲伤的灵魂满街游走，都找不到去处，没有容身之所。

谁又有容身之所？

也许暂时，我们是有容身之所的，都有来的地方。本来，在那里好好的，偏偏待不住，要出来。一出来就成了孤儿，回不去了。大家都是孤儿，被孤零零抛在这个世界上。我的兄弟姐妹，我们曾经在一起过，炉火边的日子；现在又飘零了，看的都是晓风残月。哥哥,我一个人在路上,你知道么?去西天的路,是我走过的最长的路,比五百年还长,是我剩下的岁月。假如真的有"醉生梦死",我想喝呀。也许,喝了,就暖和些,就忘记炉火的温暖,可以重新开始了。我真羡慕可以重新开始的人。真羡慕呀。

行者没有什么好向别人交代的,交代不出,所追溯的都是自己的往事,这往事人人知道,唯独自己却不知道似的,迷迷瞪瞪地喃喃自语梦呓般说了那么久,没有找出天蓬的下落,没有办法向罗刹交代;罗刹不拿出扇子熄灭火焰山的火,过不了火焰山,没有办法向三藏交代。行者看似心事重重,又好像其实什么都没有在想,不知不觉,来到了火焰山脚下。

猛觉得热气逼人,一抬头见到滔天火焰,才反应过来自己竟来了此处。天色已晚,满天晚霞已散,火焰还是把天空照得通红,烧着了一般。由近及远层层叠叠的山丘轮廓柔美,冒着蒸汽。又痴了一会儿,一两颗星星跳了上来。本来大概该是放着荧荧冷光的,也被烧红了,铁弹子似的,煞是可爱。

这火焰从哪里来?就像我从哪里来一样么?还是不要追究了,还是不要再走下去了,歇会儿吧,闹很久了,太久了,你累不累?

行者在火焰山边倚着一块石头坐下来。——果然千山鸟飞绝,万径人踪灭呢。风光好美,别处是不可能见着的。

行者想到,要说一个人在路上,这个说法,对他的同伴们又是不公平的,虽然那是两个意思。三藏是把他从五行山下的困顿中解救出来的人,他叫这个人师父,也是真正知道他的好,衷心叫的。的确只有三藏能告诉他们去西天的方向——可能他也不知道,但是他能让他们信服，他能教人坚信些什么，教心坚定起来。沙是个斯文内向的人，初相遇的时候，在浪涌如山、波翻若岭的流沙河界，项下还挂着九只骷髅，想想他在先头是怎样地叱咤倔强的，也难为了这样文秀的人。沙的周到细致、沙的敏感、沙的奇怪的念头和柔弱的眼神、沙的安静，都是他们的力量，行者也是觉得很好的。八戒是个宝贝，是他说要和他们一起上路，当时谁也没想到一个庄稼汉子有这么好的身手，好得出神入化了。当时行者就有点愣，这么个宝贝，一直在个小村庄里，晴耕雨读，等到他们去了就突然说什么都不要了要跟他们走，好像是上天派给他们的一样。

那还是西天路的开始，他和三藏走过了一座山一个城镇一个村，走到高老庄时正是春天，东风熏梅染柳，马蹄芬芳。

- 13 -

春天的高老庄很美，茅屋和竹篱，门口立着的参天古树上抽出了新的枝叶，绿得蓬勃可爱，鸟儿躲在里头筑着窝细语呢喃，小桥下流水蜿蜒清澈，看得见一群一群鱼儿好像很高兴地游着，还有河底柔软的水草，河边杨柳依依，脸儿红扑扑的小姑娘赶着小鸡小鸭一蹦一跳地哼着自己编的歌走在村路上，好奇又羞涩地偷偷看了一眼这两个远道而来的客人，又蹦了几步跑开了，一会儿又听见了她的歌声。翠竹新搭的篱笆里，有一个人在念书："春眠不觉晓，处处闻啼鸟。"跟着又有一个小孩子牙牙学语地念了这句。行者不由得微笑了。

　　三藏说好一处人家，正可借宿。行者微笑会了意，到了这样的地方，谁都不会着急赶路的。行者轻推篱笆门，就看见一个身穿蓝色布衣的男子教着一个三四岁的小儿念书。男子听见声音，抬起头来，行者忙说，是去西天取经路过的。男子道："哦，取经呀。"温和地一笑，行者也笑笑。小男孩儿在一边嘻嘻一笑，扔下书跑开，男子笑着冲孩子喊道："再淘气我就叫你爹把带回来的糖果都给我吃了！"小男孩咯咯笑着跑远，男子弯腰拾起书，拍了拍书上的尘土，才又笑着转过身来对行者道："取经的，路过就进来坐，留下吃晚饭吧。今天有好菜，我老丈人从邻村探望大姑娘二姑娘回来了。"

　　行者又是笑笑，点点头。

　　行者和三藏进了高家，男子道："你们坐。"高太公出来了，是个和善的老人，见了三藏师徒知道是来投宿的，说住多久都可以，就当自己家里好了，出门在外的，很不容易。那蓝衣男子说："我到后面看看她去。"朝三藏行者笑笑打了个招呼就走，忽然又回头说："菜心狮子头。喜欢么？"又省起："哦，你们，吃素吧？"三藏微笑点头，那男子就高兴地往后面去了。

　　高太公说起他这个女婿，也是一副很欢喜的神情。

　　这个异乡人来到高老庄的时候，也正好是春天，草长莺飞。高家有三个女儿，大女儿二女儿已经嫁给了邻村的殷勤儿郎，只有小女儿翠兰还在家里，唱着歌，在家门口做些针线活儿，听着鸟儿啁啾。又一年的春天就到了，这年春天，高家有女初长成，翠兰忽然有心事了，可她不知道，这心事究竟是什么呢？想却无从想起，只觉得淡淡地有一点欢喜、三分惆怅。这个时候，这个异乡人来到这个村子，走到她的眼前，问她可有一杯水。她给他一杯水，看他喝了，他道了谢，她忽然问他，你可愿意向我爹爹说要留下来？

他来的时候，一定走了很远的路。口渴了，她倒水给他喝；肚子饿了，她做喷香的饭菜给他吃；鞋子都磨破了，她就替他新做了一双；他要是寂寞，她就陪他在院子里坐着看月亮、说话。老爷子看在眼里，早就知道了，后来村里的人也都知道了，异乡人就再不能不知道了。老爷子不在意他无根无绊没有媒妁聘礼，只问他喜不喜欢翠兰，他说喜欢，老爷子就招了赘。两个年轻人就结婚了。

他田耕勤谨，待人礼貌随和，又认识字、会读书，对翠兰也很好。高太公很高兴。

晚饭的时候，行者见到兰姑娘果然是个好人家的女儿，像燕子一样灵巧，像羊羔一样温柔，生得也美。

三藏和行者也在这高老庄停顿了些许时日，或者三藏师徒也有心流连，反正高老庄上民风淳朴，善良好客，田园风光迷人，高太公的热情通达，兰姑娘的善解人意，都像柳丝一样挽留住了客人。尤其是高家三姑爷，好像特别喜欢行者，有空就和他商量些事情，譬如渔船上网的张法，生酒的泉石味是不是用的器皿的缘故，另外就问他去西天的事。他好像很感兴趣。

行者也喜欢这位三姑爷，他隐约觉得他身上有种宠辱不惊的大气势，但又在这宁静的小山村安伏得浑然一体，也没有什么不好的。三姑爷说："个人有什么样的能耐，全是自己的事，没必要为了别人做什么大事建什么功业，自己高兴就好。"他总是问："西天很远吗？"行者老实说："不知道。"而三姑爷听了却显出欢喜和兴奋的神情，说："那很好，那很好啊不是么？"行者说："你知道走很远的路的辛苦吗？"三姑爷就说："知道啊，怎么不知道？我就是走很远的路来的。"说着还随手指了个方向，也指不确切，含含糊糊地说："反正就是很远很远，我知道啊，可是我不觉得很辛苦，我觉得有意思，能看很多东西，一路上风光无限，连带凶险都是呢！"行者说："可你来到这里，还是停下了啊，觉得不好么？"三姑爷说："好，当然好，我喜欢才留下。你觉得不好么？"行者说："好啊，所以才劝你留下。"三姑爷说："要是我劝你留下呢？"行者说："我当然是要走的。"三姑爷笑了，说："那我和你有什么区别么？"行者一时哑了，才省悟到怎么竟真的说到这三姑爷要离开的话上了呢。

三姑爷道："我和你一样的，我也无根无绊，是天上飘飞的一茎孤草哪！"

兰姑娘来唤吃饭，他依旧亲亲热热地和她回家去了。

春天的空气中总有些若有若无的清香，在夜晚轻柔的风里一阵阵传来，梨花在夜里分外地白，开了一树，溶溶的月光在飘落着柳絮的池塘里荡漾。三姑爷看着这月光和水，不知怎么就想起心事来。他告诉行者，我好像是从什么地方来到这里的，那个地方也是这样，很好的，不知怎的我就离开那里了。所谓一个地方好，大约就是说，也有一个人，也是非常非常好甚至比这要更好的吧。三姑爷说，她是非常非常好的，我都没能留下来。他又说，行者，你怎么让我记起这样一些奇怪的事情来呢?三姑爷皱皱眉头,又笑笑,接着说,没有的事,都是些什么呀!

后来就下起雨来,是那种润泽如酥的无声细雨。

这里什么都挺好,但对于有的人来说,实在是太单调了。

春将尽,韶光短少,红了樱桃,绿了芭蕉,终于到三藏行者要走的那一天,三姑爷和他们一同上路了。三藏给他取了个名字,就是八戒。行者忽然想到,聪明贤惠的兰姑娘,夜来不知道会流多少眼泪,听多少夜的春雨,长多少年的春愁?流光容易把人抛,相思催人老。可是毕竟他们把流光抛在身后,走西天取经的路去了。

- 14 -

"八戒!"

行者心头亮光一闪。

八戒的脸突然出现在他面前,笑眯眯地说:"扇子没借着吧?想不出办法?嘿嘿!你也有今天!"

行者紧紧盯住八戒的脸。八戒的脸瘦了些,颧骨就显得突出,经过长途旅行的劳顿略微发黄,下巴和两腮长了青色的胡茬,发质很硬,为了不到处支着,用一条布带子随便束了一下,仍是蓬蓬乱乱,眉宇英武,明亮友善的眼睛,一样的笑容,让人看了就像一口温好的酒下肚,打心眼儿里温暖。

八戒忽然觉得行者这样愁眉苦脸受挫折的样子很稀罕、很有趣，乐不可支，大笑起来。

行者的眼光一丝一毫不离开八戒的脸，问道："你是谁你记得吗？你从哪里来？你记得你有过的妻子吗？"

八戒笑道："我当然记得，你又要提高老庄那档子事，自己一要丢面子就打岔。翠云山也有不买你账的神仙，那神仙好，我倒要见见，谁么有脾气，把齐天大圣孙悟空给挡回来还不敢见师父了，还是你突然觉得还没娶过老婆，想逃？八成是。一个人躲到这里来，害得师父和沙急死，叫我来找你，怕你走半道儿上腿抽筋，什么疯发作起来被老虎吞了！"

行者紧追不舍："你怎么知道我是齐天大圣？"

八戒道："哈哟！大圣厉害啊！人人都知道啊！你要说高老庄，那高老庄上的人老的小的谁不知道这故事？说有那么个大闹天宫的家伙，被压在五行山下，压了五百年，没吃的没喝的，等着等着都不知道哭了多少回，好歹把救他的取经人等来了。这不是传说么？我还给小孩儿讲来着，一天讲好几回。你不知道小屁孩儿们多喜欢我，没办法，故事讲得好，主要还是人的问题，人有魅力，不光讨小孩子喜欢！呵呵。你一来，我看了，嗬！齐天大圣就这模样，也不怎么样啊，家里那人啥都好，就是啰唆，听着耳根子痒。原没想跟你们走的，打算上山采点儿药涂耳朵，被你给拐了！跟着师父，挑挑担子，还不是看在你齐天大圣的面子上，赚这笔好买卖，你还敢抱怨！"

行者道："辛苦你了。"

八戒道:"客气客气。咦?怎么了?不太对劲儿呀你。"

行者有好多问题要问,一时不知道从何问起,便道:"你的模样虽然变了,但变得不多,我早该认出来。其实想也想得到,除了你,没可能是别人了,没有来历,这么机缘巧合被我们遇到。人怎么可能没有来历呢?"

八戒嘿嘿笑道:"你想起什么了呀?我是没有来历,老早有人问过我了,要想得起来,高老庄洞房那一晚也就交代啦!"

行者道:"你是我兄弟!"

八戒又是嘿嘿一笑道:"师兄,这时候,说这废话,还怪感动人的。怕我跟师父告你去?"

行者道:"五百年前我们就是好兄弟,你是我哥哥。"他原本想一并说出罗刹的事情,不知为什么,一迟疑,没说。

八戒听了,饶有兴趣地道:"真的?你听谁说的?你怎么今天才想起来?那齐天大圣的哥哥叫做什么?从今天起你叫我师兄吧,你挑担子,我前头探路。太好了,就这么定了!"

行者觉得一阵头晕,一路追寻千头万绪,到了这时候又理不清楚,心脑都难以支持。他晃了晃脑袋,脑子在头颅里撞得生疼。

八戒道:"好啦好啦!都等着你回去呢!什么解决不了的呀!我早说哪儿没火不堵着咱们往哪儿去,不听,好吧,既然都那么坚持,怎么着大家一块儿合计解决呀!你一人到这里坐着,想破头就有招啦?要是光想就有用,多一个不多,我陪你一块儿想,想到我饿了自己走人,你要有话说也得找人解闷,一个人憋坏了怎么办?我说呢,那翠云洞什么扇子神仙妖怪的,搞得你见着人就满口胡话不打格愣鱼吐泡泡一样，哈哈！我还就不信了！"

行者头颅里好像被人不停地搅啊搅啊，脑子都散了，只又问了一句："你真的再想不起最快乐逍遥的地方、最爱的人的名字和相貌？"

八戒道："有吗？你知道？在哪里在哪里？她是谁？"

行者又用力晃了晃脑袋，只觉得眼前一黑，"咕咚"，一头栽倒，不省人事。

八戒一惊，忙把行者搀扶起来，行者还是没醒过来，八戒短促地出了口气，将行者拦腰抱起，驾云回去。

沙照料着行者，行者昏迷不醒，发起了很高的烧，一连说了三天三夜的胡话，沙很着急。天太热了，沙不停地出汗，心急。沙不停地为行者更换敷在额头上的冷水浸湿的毛巾，替他擦脸，听他口里不断地说话可是又听不确切，不知道他到底要什么。天热成这个样子行者却发不出汗，用很厚的被子给他焐着也不管用，又怕他烧坏了脑子。八戒也在一边坐着，安慰沙说："他是齐天大圣，不会有事的。"沙点点头："我知道的。"可是沙仍然很担心。

八戒听懂行者说的话并不比沙要多一些，他坐在门口，时而安慰沙一句，不再多话，想着自己的心事：我有心事可想吗？我的心事是什么？已经过惯没有心事的日子了，都以为本来就没有了。真的再想不起，最快乐逍遥的地方？爱的人？名字？相貌？月亮，水，荡漾，醇醇的，她长什么模样？有没有一头长发和一个温暖包容的心房？能不能，白头到老？看来是没有，我都想不起她来了。

她老了?她死了?还是在那个快乐逍遥的地方忧伤地等我?到底有这样一个人没有?齐天大圣五百年前的事情一定很多很多,和我有关系?我是谁?从哪里来?究竟是什么?不想了不想了,重要么?在某个地方,那个村庄,还有一个兰姑娘,好姑娘哪,那真叫好,没得说,我还是跑出来了。

光这一点就够浑的啦!还想什么五百年前的事?别费那力气了!我就是普普通通一个男人,也还有那么多解决不了解决不好的事情,过去了也就过去了,谁不是这样,没完没了的又能怎么样?行者扯出这么些鬼话连篇的,他都没办法,累得不行,这还不得被困死啦?前头火焰山给堵着不通,又不能往后退,既然不打算有退路,回头干什么?我亏的、欠的、未曾了断的,我只能往前走来担当了。

想到这里,八戒站起身对沙说:"你照顾师父和行者,我去翠云山。"

- 15 -

第二次哭。

第一次是五百年前在花果山水帘洞,也是当着孙悟空的面,要不是看着他,可能也不会这么痛快这么剐心似的眼泪哗哗地就下来了。自以为水帘洞的水帘也不过如此,照这么歇斯底里地哭一两回,也就尽了,单露出洞里的一片,洞里洞外也看得真切通透,再无半点掩藏。那一次痛苦的情形还很清楚地记得，分分明明，看到孙悟空才确切意识到，我没了那个人了，那种确切就好像锐利的凶器的尖锋一样，直扎进我心里去，就像我的人生被突然拦腰截断了，这过去的一段彻底丧失，化为泡影。可我怎么能够割舍，哪里还有力气在被腰斩之后拖着上半身用手指爬起来重新来过？简直是没有办法过以后的日子了，连我自己哭的时候都害怕了，由爱生怖，想想就怕。没办法，没办法了呀。这样巨大的变故，我根本都反应不过来呀。好像前一天还好好地说着温存的话、想着往后的日子，我看着他只说好，他说什么都好，突然间就天也崩了地也裂了似的，往后的日子根本看不到了，过往的也通通一笔勾销，就这么推翻，就这么说往事只是好梦一场是泡影，把我一个人扔在这里动弹不得，出不去被困死在里头了，在这里头说我爱你啊还没有爱够啊。可是不行了，没有人听我的，我也没有人说去了。你在哪里呀，是生是死好歹要和我说个明白，这样算什么呀？我一个人哪！我很久动不了，这件事累啊，要人全部的力气都花在上头用来难过啊，难过极了。后来我想我还不能死，你还没和我说过呢。我打起精神求得自保脱了身。不是我怕死，我是贪生啊，我留下也帮不了孙悟空还会拖累他，不知道你死没死我怎么能不再和你见上一面！就是死也要见上一面才能放心去的！我逃出来以后，整个人都被掏空了，身体也是，心也是，头脑也是，虚脱了，当时就那么个念头：哪怕再让我见上你一面，见到你活着、平安、好，我宁可我苦、一个人，往后再不和你在一起也行了！

我想到去看看龙王，他说不知道该说什么，我说我知道。都不知道该说什么,我也是,说不出什么。敖广陪着我,可我想那不是办法。他就交给我一把扇子,说孙悟空逃出来的时候老君的炼丹炉翻了,几块砖带着残余的三昧真火掉下来,烧着了一座山,只有用这柄扇子制得住,问我可愿意来守着。我想,好啊,我找你实在找得累了,敖广说也没办法找了,我信八成,剩下两成是我实在疲于奔命,叫我去哪里找啊?你要是活着,总会来找我,不如我守着,也算明显,也算是过往的印记和纪念,我好在这里头等你,一边缅怀曾经在一起的气息。敖广告诉过我,扇子是杨戬交给他的。杨戬知道我的下落,却没有来找过我。

  第二次哭,没想到又看见孙悟空了,他现在在去西天取经的路上了,你呢?眼泪流下来的时候,我看到洞口好像有水帘子一样,忽然又结成冰了。五百年前,我们数着一柱柱冰凌打发一寸寸以为打发不完不会完结的光阴。我忽然就不哭了。

  即使在经历过五百年沧桑的今天,我仍可真切地记起花果山的风景。霏霏的细雨,叠青泻翠的山坡,站在高处便可眺望逶迤的薄云贴紧变换着颜色的海,白色,灰色,湛蓝的,碧绿的,金色的,平静的,活泼的,咆哮奔腾的,忧伤暗淡的东海。清风抚过松林,山谷中传来浪涛的声音,卷过他很有男子气概的硬硬的发梢,吹到我脸上,扎扎的,又像个孩子一样纯朴,旋即向溪涧杂树林吹去,远处有小猴子们嬉闹的声响,若有若无,恬美安详,一两只火团样的小鸟从草丛中腾起,飞过耳畔。身临其境的时候,很少去关注那片风景,然而此时此刻我脑海中首先浮现出来的仍是花果山的风光,草的芬芳、风的清爽、山的曲线、海、月光……接踵闯入脑海,很清晰,只要一伸手就能碰到。可是,天蓬的脸,遽然间竟无从想起!

我总是在温习他的样子,我向我自己描绘他的样子。他的脸是硬的,眉毛是很有生气的,眼睛里总有笑意,嘴唇也是,笑里头有点懒洋洋的,又有些揶揄的意味。头发梳得很整齐,是我替他梳的,打成三股辫子,用黄金的环在头顶扣住再垂下来。脸刮得很干净,我爱用手摸他的脸和下巴,光滑的,不粗糙,只是硬气得恰到好处。他身上带着特别的香气,是在天上任职的时候一个神仙给他调配的,我喜欢那味道,喜欢自己在那味道的怀抱里……这样,这些印象叠涌,他的面庞自然地浮现出来。这个过程我总是需要一点时间,而且随着岁月的流逝,所需时间愈来愈长。这固然令人悲哀,但事实就是如此,它延长得那样迅速,像夕阳下的影子,并将很快消融在冥冥夜色之中。我向我自己描绘他的样子,告诉自己说:他的脸是硬的,眉毛是很有生气的,眼睛里总有笑意……究竟怎么硬法、如何有生气、怎样的笑意,我告诉自己说那些是你所爱过的,温暖过你的心房,然而具体的样子,模糊了,再想不起来。

有人叫门。罗刹猛然觉醒,女童来报:"又是个上西天取经的人,不是先头来过那一个。"

罗刹道:"哦?我这就去见见。"

罗刹整了整头发衣裙以及神色,出去,见到八戒站在洞口,粗布衣衫,面容粗粝,须发散漫,神态自若。看见罗刹,他微施了个礼:"你就是铁扇仙吧?"

罗刹也还了个礼:"我是。你是去西天取经的?孙悟空呢?"

八戒道:"他病了。我来借扇子,要过去,你不会为难我们吧?"

罗刹忙道:"他病了?怎么会的?哦,我当然不会为难你们,我,没有要为难谁的意思。他怎么了?要不要紧?"

八戒道:"他想必是没大妨碍,只是太累了,歇息两天就好,可是我们现在被阻在半路,不大好。他来找过你吧?你为什么不给他扇子?对他说什么了?"

罗刹道:"嗯,他来过,我并没有不给他扇子,我只是——我们以前认识,他是我一个故人。我们说起一些从前的事情……那些事情我再不会提起了。你放心吧,我无心害他,我们是朋友。"她无意中隐瞒了,她也想多留下孙悟空一会儿,因为他们三个人曾经在一起,她可以从他那里追忆有关天蓬的印象。

八戒道:"哦,那就好,我也没想到事情会是这么顺利的。那你现在就能把扇子给我吗?"

罗刹很干脆地说:"可以的。嗯,我先和你去看看孙悟空吧,我还是想去看看他的。"

八戒笑道:"行啊,说是不能耽搁太久,其实也没那么紧要的,并且没料到事情并不需要费周折,去看看老朋友也好。"

罗刹也笑了笑,又想起什么,对八戒道:"再请你等一等可以么?"

八戒道:"嗯?"

罗刹笑着解释道:"想去梳妆。因为想到这一次见到孙悟空后，下次还不知道要等到什么时候，也因为——我想，他总是希望我好，我也是挺好的，为了让他和曾经跟他在一起的人知道我现在还是好好的，想去打点一下自己——你看，好些个月没人来过，天气也不见得让人愿意活动，就懒了，人没收拾，别笑话。"

八戒微微笑着道："好呀，不着急。"

罗刹笑道："谢谢。"换上梅花织金浅红小袄，一条织彩鹅黄锦绣裙，高底花鞋，然后开始化妆，还问八戒："这样当着面没关系吧？可介意？"八戒道："不介意，挺好的。"罗刹对着镜子里的自己和八戒妩然一笑。在施粉描眉的时候，她还是没有忘记她所爱过的那一个人，他的脸，眉毛，眼睛，嘴唇。她心头划过一阵阵哀伤，她还是没能想起他来，她记得的是他们曾经那样深爱过对方，她至今仍然深爱他这一个面容已在五百年中模糊消融的男子，她记得她爱他的，也记得曾以为无论如何难以忘怀。但她毕竟是在为他而装点起自己久未艳丽的容颜，她还是记得要为他好、只为他好的。她抿过唇上娇艳欲滴的胭脂，仔仔细细绾起一卷一卷长发，插上牙梳珠翠，斜簪两股赤金步摇，一左一右戴好排珠的耳坠子。一切打理好，她坐在镜子前不动，道："衣服首饰都是新的，以为终有一天他会来，到那时，给他看的。可是他老不来，是不会来了吧？"说着自顾自一笑，道："好看吗？"八戒道："好看。"

罗刹转过身站起来，笑道："让你久等了。要费这番工夫去见孙悟空。其实，倒并不是要去见他，现在竟觉得不用去见他也可以了，奇怪吧？好像只为了终有一天能把这些东西都用上，就满足了。"

八戒温和地笑道:"不奇怪。会是这样的。"

罗刹笑道:"你这个人真不错,怪有意思的,孙悟空现在能有你这样的朋友,我很高兴呢。"

八戒道:"我也很高兴。"

罗刹道:"好了,我们走吧。"抄起随手扔在洞门一边的芭蕉扇,和八戒往三藏行者歇息处去。

- 16 -

行者烧着烧着,渐渐心里头清凉下来。

原来他们都已经忘记对方了。

行者看到这两个人又走在一起,依旧像他们五百年前并肩而行的模样,但是显然他们在忘记对方之前已经被时光忘记,心里骤然一疼,又不知当作何感想。实在是无话可说。

他拿过罗刹的芭蕉扇,迎风一展,扇子长成一丈二尺长短,他扛起芭蕉扇,头一低,咬着牙腾云而出,来到火焰山,尽力气挥去。那火焰山冲天的火焰摇摇坠下,萎缩成银蓝色火苗,缱绻依恋地舞了一会儿,终于如土委地。行者又扇一扇,云开始摇曳,千丝万缕的风从凝固不动的天空中钻出来,那天空的裂缝也瞬间愈合,长空万里,平展得没有一星半点痕迹。第三扇,满天的云都聚过来,越堆越厚,里面积蕴了五百年的雨水终于承载不住跌落下来,就像行者心里满满的悲伤终于汹涌而出。他奋力一直扇了七七四十九扇，扇得整个火焰山界暴雨如注，滂沱得像五百年记忆的流逝换来的泪水流回东海。一个人的心最后就变得像水帘洞，洞里洞外看得通透，终于再没有什么让谁为谁泪水滔滔不绝，爱恨嗔痴，终于无影无痕。孙悟空用尽了全力，在大雨冲刷中撒手扔了扇子，踉跄了几步最终还是站住。行者站在山口，沥尽雨水。

那些我们以为永远不会忘记的事情，就在我们念念不忘的过程里，被我们忘记了。

自己由时间上溯的举动究竟有多少意义？仔细翔实地追究时间的细节，同时又想到一切都是徒劳无功，总会时过境迁，成为过眼烟云。我们都将自然而然地忘怀已然过去的一切，那些不愿被忘怀的不再会被记起，随着又一个无甚差别的雨过天晴的过去而过去，这就是此时最令我忧伤的事，而这忧伤也将过去，一切都是过眼烟云。

不知过了多久，行者转回身，看见山下罗刹已经送三藏、八戒和沙上路，心想，带着已然在不知不觉中无影可寻却真正有过的对方印记度过余下的生命，未尝不是怀念对方最好的方式。

他们在山下等他，行者奔下山去。"那么，我们上路了。"他说。

罗刹点点头，盈盈一笑："见到他，告诉他我在此等他，翠云山，芭蕉洞。"

于是取经四人告别了罗刹，往前路赶去。

八戒忽然回了一下头。

行者道："你看什么？"

八戒奇怪地笑了笑，道："不看什么。"

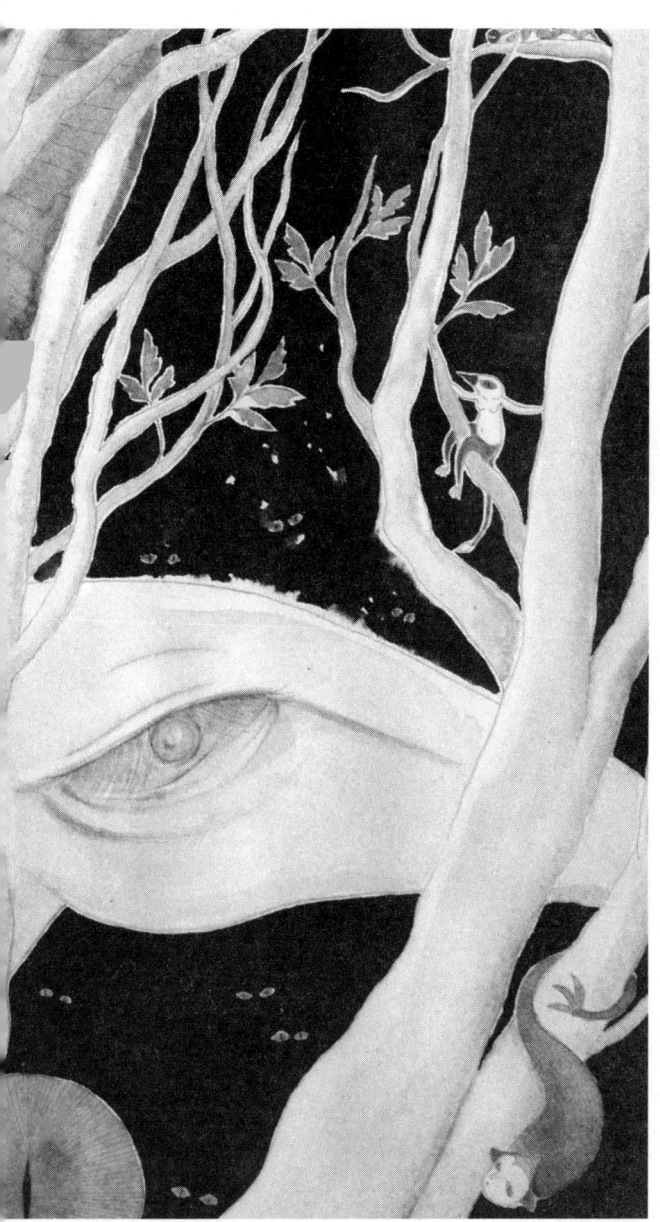

chapter 03　第三章

七绝岭

- 1 -

　　白马的眼睛大而忧伤，睫毛很长，眼帘的开阖决定了三分之二脸孔的明暗。马蹄下面的山已经走了四天，这座山出奇地大，四天不停也没有走出去。起初说是要打住歇息，这会儿只管埋头赶路，趁早走出去的好。走了四天一点出头的希望也不曾看见，山里不见半点人迹，更没有人家，也不可能有山路。行者、八戒在前头一个用棒一个用钉耙开路，饶是那曾经打过天上战役的神兵利器，也只能应付山中横生密布的荆棘。荆棘生着很硬很粗的刺，硕大花盘的花散发着难闻的气味。沙的衣服早被勾划成褴褛，僧鞋打过密密的补丁，如今又不得不在小腿上紧紧缠绕上布条，看见白马也被刻蓟毒草划伤，眼神疲惫。谁不是呢，可是不敢歇息，生怕走不出去困在莽林中。出身山林，却也不曾到过这么大的山域，大，且丑恶，寂寥，叫人欢喜的东西都被到处弥漫着的淡淡的怪味侵吞得一丝都不留下似的。白天夜枭就站在树的丫杈上睥睨这一行四人，树干都是扭曲的，布满了伤疤、节瘤和洞，洞里寄生着鸟、虫子或小兽，时不时怯懦地探出头来看看，目光都古里古怪的，又卑微又好像怀着恶意，不知这么小的生灵又能造什么大的罪孽，并以为快活一般。夜枭的眼睛上像有一层灰白色的厚厚的硬壳，沙觉得它好像透过这个翳障看了自己一眼，心里不由得打个格愣，说不清怎么不舒服。夜枭怪叫一声飞起来，展开的翅膀比身体蜷缩在树上时扩张了三四倍，很有力地打断一根树枝，上面一只鸟窝翻了，正好跌在沙面前，里头两三只蛋摔得稀烂如泥，还有只已孵化的小雏，摔下来折断了脖子，嘴张着，原本就丑，湿的灰黑色毛粘在脑壳上，眼珠子突出，神情可怖。沙心里一堵，也没作声，接着往前走。走了四天，大家都没有说话的多余气力和兴致，一肚子烦躁和愤懑，说不清的不安，只希望能尽快走出这邪气得紧的地带。哪怕打横杀出个山贼也好啊，不过三天前就已经清楚这是个奢望。山贼，呵呵，让他在这里劫什么？人在这里会发疯，会死。树上还盘缠着蛇，好在不进攻人，但是嘴里吐着紫红的信子，幽冥界里的火苗似的忽悠悠闪烁，小而尖细冰冷的眼睛死盯着人，像要把人看成石头。食尸的鹫在上空盘旋，也在等这四个行进者的倒下，它们视力很好也很有耐心，看得出这四个人着实疲惫了。

　　行者也说不上来，这山究竟是什么地方那么不对劲。他们去往西天，抱着这个信念不断走着，一路上诸多艰难险阻，说什么斩妖除魔，到后来全都是不得已，谁要为害他们，阻止他们找到停止周而复始的苦役的方法，截断他们的进程，只好杀。杀，除去，一如这荆棘。行者也分辨不太清妖魔事物，所谓明察秋毫的火眼金睛，只是走的路多了，吃的苦受的罪深了，习惯了辨察、判断、决绝，尽可能不让软弱在英雄百结的愁肠里纠缠分寸。本来也没有能分得清的是是非非恩恩怨怨。

有过去的人，有故事的人，尤其会感到疲惫不堪。英雄是不是就该拿得起放得下，行者不知道，活了千秋万载了，理当心如止水，偏偏念念不忘。可是要有多坚强，才能念念不忘？行者对火焰山就不满意，传说那么说，于是就那么怀念一遍，当初的天绝人路呢，凶险呢，截斩狠毒呢，那样的惊心动魄和赴汤蹈火的胸怀，怎么还是褪了颜色，变得淡了？真的不够，当初远远超过这记忆的一百倍，每一举一动每一处细节都生动一百倍。只能说是回忆的缘故，事过境迁，五百年了，五百年过眼云烟，行者竟还保留着一些骁勇和狂妄的气焰，真是弥足珍贵。多艰险都不可怕，可怕的是怎样做都会重蹈覆辙，都是殊途同归，毫无办法。真叫人累。累得不想再走了，可是总不能困死，再走真的害怕还是重蹈覆辙。世间再寻常不过的人事，竟好像恶夜丛林里鬼打墙一样兜兜转转都走上奈何桥，除非一头撞死。真叫人累。再看眼前的丛林，潮湿晦暗，闷，庞大，只有不懈地找寻出口，才是当务之急。眼下的事情，总是来得直接、确切，比什么记忆都迫在眉睫。手腕粗的藤条把金箍棒缠住了，一时没能抽回来，一根生刺的树枝划过他额角，在眉骨上方划出一道血口子，他不禁微皱一下眉头，牵动伤口一疼。眼前的森林更深了，天色正在变暗，向前看，更是茂密的无边无际的黑暗森林。还有口粮的问题，水够不够，气力够不够。行者不由得回头看了看三藏。

三藏在马上,脸色苍白,紧咬牙关,双手牢牢抓住鞍鞯,早已有些吃不消,但还是坚持着。

天完全黑下来之前,他们在荒草乱石间隐约看出了条路。

——那就该有人迹了!四个人谁都没有说,但显然心中都一阵欢喜,加快了步子。已经很长时间没有人开口说话,终于八戒说:"这下可好了吧。"

行者也微微一笑表示同感。

加紧沿着能发现的痕迹走,天是越来越黑,而且忽然一下子黑得好快,急急骤骤的太阳光线隐没下去,只剩下一丝半缕孱弱乏力的光线从高大密林尖梢的一点缝隙透下来,很快便连这一丝半缕都没有了。白天不停歇的跋涉中,觉得一天很长很久,这时候才发现光阴易逝,猝不及防。好在有人家的痕迹逐渐明显,不至于空欢喜一场,落得更是颓丧。他们在暗中辨物的视觉比一般人好上许多,走着走着路清晰起来,沿途有烧尽的柴火、树木上斧子砍斫的印记、脚印,且一直是下坡路,脚底的泥也变得越发稀软。过了一会儿又有极微弱惨淡的白光笼罩在周围,想来是出月亮了,抬头看不见月亮,木叶遮天,不知道月亮的好坏,算日子,大约是月在下弦。

月光陡现。一片凄清。再走百余步,见到了小村子。矮矮的,几栋小房舍,黑魆魆地畏缩蛰伏着。不见半点灯火。料想是偏僻地方的人睡得早,不然无事可做。在这山里度日必定不易,大约行的是猎户生意，在家暖和安生的时候能多睡一些就多睡一些也是该的。四人一马行进在山野低凹洼地里，静悄悄的只听得见衣裳的碎片被小风吹起来的声音，果然是下弦月，星星稀寥。

三藏叫行者去敲一户人家借宿。

行者再往前走几步，伸手去推一扇柴扉，没想到吱呀一声，柴扉歪歪斜斜地晃开了去。行者一愣，朗声道："请问主人——我们是上西天取经的，有人在吗？"

无人应答。

行者又道："有人吗？"一边说一边往里走，八戒上前跟在他身后。外屋有一张桌子，依稀看见桌上有烛台。点上蜡烛，又在外屋唤了两声，房屋甚小，应该是当真没有人了。

行者、八戒心下觉得蹊跷，退了出来，又去敲对门一户，仍旧无人。

行者站在空地上长啸一声，四下只有回声。八戒却一户一户开门去看，跑回来也说："见了鬼了，半夜三更，整个村子没一个人？人都跑哪儿去了？"

行者道："也许是个荒废的村子，不久前迁徙走，也未尝不可。"

三藏道："是这个道理。"

行者道："来了也好有一处落脚，困上一觉，养些精神明朝赶路。"

四人就进了行者方才点起蜡烛的房屋。屋内陈设虽然破败，灰尘蛛网积得却不厚。他们心里有点儿发毛，既然要住下，总要看个究竟，行者便端了烛台，四人去看。转过屏门，是一座穿堂，堂后有间小厢房，窗格半开，进了厢房，有一顶黄绫帐幔，八戒掀开一看，吓得退了一步。原来那帐里是一堆白媸媸的骸骨，骷髅有巴斗大，腿挺骨有四五尺长。三藏定了性，止不住腮边落泪。

忽听得后院有什么响动。

- 2 -

行者、八戒顿时箭一样地掠了出去。

后院有一口井。

响声正是井里面传出来的，好像是一个身体痛苦至极求生不得求死不能的人发出来的一声呻吟。

行者、八戒紧紧盯着这口井。八戒吞了口口水，索性大步走过去。就在他要走到井边时，井里又传出了硿硿的动静，在四周井壁震荡回响，听上去井中无水，井下还有一个不小的空间，好像有什么东西要爬出来。这下连八戒也不动了。沙和三藏也来到后院，四人都站着不动，盯着井口。

突然行者动了，在一瞬间发动身形掠起，在井中事物正好探出井口的那一刻，一手扣拿住那东西一口气蹿出去。八戒等人还没看清那是什么，只见黑乎乎的一团被行者提在手中飞了出去，半空中惊叫了声"啊呀"。行者看清，那是个人，老迈而衰朽，于是一拧身落回后院地下，将那老头放在地下。老头一落地就身子一软瘫在地上。只见他穿着极肮脏破旧的衣服，蓬头垢面，骨瘦如柴，手指像枯枝一样撑在地上，先是受了大惊吓得吭不出声，然后就是大口大口深深喘气，肺里有浓稠的痰一直溢到气管喉头，发出呼噜声，令人听了骨头都有些发痒。他每吸一口气都好像一柄刀子在他的肺里一通绞剐，很难想象一个人每一次呼吸每分每秒都在承受着这么巨大的痛苦。但是行者能，因为他也经历过。恐怕八戒、沙、三藏也能，也许不是伤病，不是身体的疾苦，可是每个人都有他的伤处。老头抬起头来，脸上瘦得剩不下什么血肉，眼眶深陷，惊弓之鸟般看着三个人，他甚至不太敢去看行者。

三藏道："老丈——"

老头突然抢先说："你们是不是妖怪？"

这时井里又爬出来一个小孩，也瘦得厉害，身上又臭又脏，一双眼睛还算灵活，突然看到四个人，也吓了一大跳，骑在井沿上不敢动。

三藏道："我们不是妖怪，只是路过此处。"

八戒道："你们都在井里做什么？为什么这些房子里都没有人？"

小孩看见地上的老头，叫唤了一声："大当家。"

老头听了，神色里隐约有一丝威严和凄楚，向三藏道"路过？已经很久没有人来了，这里除了妖怪，谁都不会来。"

三藏道："我们是去西天取经的，非走过这里不可。敢请问，大当家？"

老头闷哼一声，道："这里是驼罗庄，我老儿姓李，算我年纪大了，做些主，叫我一声大当家，倒也贴切。庄之不庄，也叫不得庄主了。"

八戒道："这里究竟发生了什么事？"

李老儿刚要开口，又是一阵气息接不上来，咳嗽不止。

行者问道："你受了伤？"

李老儿用力咳了好一会儿才尽力屏住了喘息，斜过脖子看行者，用一种古怪的声音道："那厮下的手，却还没有要去我的老命。"

八戒道："什么妖怪？"

李老儿忽道："我们都躲在井里，为什么不下来说？"

小孩道："大当家，怎么信得过他们？"

李老儿道"人都来了这里，信得过信不过，都只有信信看。"

沙看了一眼行者，意思是问他井中会不会有什么危险算计。行者点了一下头，意思是，李老儿那句话也说的是这个道理，他们也没有其他更好的选择。

- 3 -

井底下没有诈，当真是驼罗庄残存下来的十余个居民的避难所在，井下大约有一间半屋子那么大的地方，阴冷潮湿。氧气不充足的缘故，火也生不好，用的是磷火在照明，一堆一堆惨碧的冷光照着劫难中苟且偷生的人们，比鬼卒好看不了多少。

李老儿缩着身子坐在地下污泥和苔藓里，那十余个居民也是。

就在这样恶劣的环境里生息,大都麻木了,见到井上下来的四个陌生人,都露出警觉惊惶的神色,动作却没有了,好像真要是妖怪也就会坐以待毙。

行者习惯站着,八戒蹲着,沙设法替三藏收拾了稍微干净一些的地方坐下来。

李老儿道:"驼罗庄是七绝岭中一处洼地,山上共有四千八百只妖孽,但气数浅,与村民只是各行其道、泾渭分明、互不相犯。自打来了个蜘蛛精,把山上妖孽尽数收罗,开始行凶作恶,专门在那里吃人。驼罗庄的先人当初来到此处安家落户,以狩猎为生,性情都是很倔强的。起初觉得生计惨淡,对营生有大妨碍,也曾有过年轻精壮的猎户一起上山剿妖,无一生还。后来妨害的就不是营生,而是身家性命,这妨害岂是猛虎恶狼可比的!先人要我们在这里生存,我们是怎么样都不能够撤退逃离的。"

说到此,一个长脸男子插嘴道:"不是顽固坚持,是没法逃。我们在这里,挨一天是一天,等于是等死。我们也终日想着脱离这个绝境的方法,可是——"

李老儿阴冷地道:"逃得出去么?我们已经逃无可逃,到这地步,谁都不许逃。"

又一妇人冷笑道:"都说了,是逃不了。北东南三面山域那么广,山里到处是妖怪逡巡,西边是稀柿衕。假如有出路,我们是断然不会在这里陪你等死的,你要烂掉就自己烂掉吧!"

长脸男子低声怒斥了一句妇人,妇人住了嘴,怨恨地埋下头。怀里抱着一个婴孩,瘦得像小鸡一样,脑袋软绵绵地耷拉着,忽然醒了，却没有力气哭，只是嘶了一声。妇人早已不理会礼教大防，拉开衣襟把干瘪的乳头塞给婴孩，婴孩吸吮了几下喝不到奶水，把妇人咬疼了，自己呜咽了几声，又睡过去。

行者问道："稀柿衕？是个什么所在？为什么也行不得？"

男子道："是处深的山峡，那蜘蛛精的总部。每年熟烂柿子落在里面，将一个山峡尽皆填满，又被雨露雪霜，经梅过夏，作成一谷污秽，所以叫做稀柿衕。"

沙突然开口问道："有很多柿子树？"

男子不料有此一问，愣了一下道："有啊。"

沙道："'七绝'说的就是柿子树吧，这座山岭是以此命名的吧，为什么我们由东进来没有看到一棵柿子树？"

男子道："不会啊，漫山遍野的都是柿子树。"

沙奇道："真的？我怎么觉得不像？"

男子道："认不得柿子树也是可能的。"

沙摇摇头道："不对。柿子树称作七绝，就是因为它有益寿、多阴、无鸟巢、无虫、霜叶可玩、嘉实、枝叶肥大七样好处，我就算见识浅薄不认识柿子树，"沙停了一停，接着道，"可是我也看到那上头有鸟巢，有很多虫，样子很恶心。"

行者心中一动。就在这时，只听得留在井上的白马厉嘶一声，所有人都听见了，脸色俱是一变。行者第一个向井外掠去。

- 4 -

白马果然不见了。

行者等人来到井外，原来妖精已在刚才来到他们头上三尺之内，还掳走了白马，他们竟都不曾察觉！李老儿等人随后爬出井外，见此情状抖若筛糠。

行者只顿一口气，又追了出去，八戒紧跟其后。两个人快得像两道流星的短促光芒投进幽暗无光的山林中，顿时被黑暗吞没。行者几乎看不见东西，只凭着一念之间的敏锐感觉穿梭于莽林，跟踪搜寻着妖精的去向穷追不舍。八戒连咫尺之内的行者都看不到，也只能收敛起庞杂的念头凝神全力跟紧。每一棵树上每一片树叶都吸收了全部光线，树上长满了鸟，都不出声，瞪着瞎子般的眼睛做着没完没了的噩梦。森林里来来往往吹着方向乱七八糟的一缕一缕风，交错掠过，吹乱吹散行者和八戒凭借的气息，行者八戒赶在风之前紧紧抓住那个气息，快如闪电，可是闪电在七绝岭里也是黑暗的。而且那个气息越来越浓郁，不对，好像发生了变化，是另外一种腥臭浓郁起来，那个气息反而……被掩盖了，抓不到了……行者他们的速度放慢下来。

风更加大了起来，像盲目狂躁的野兽横冲直撞。眼睛暂时关闭，而其他东西完全张开，耳朵、鼻子、皮肤、心。行者站定了，失去目标。他没有开口对八戒说，八戒当然能明白。需要等待、分辨、思考，需要我们自己静下来。

突然两盏幽幽的灯光在前面亮起。山林里夜晚的雾气浓重，灯光并不明亮，隔着空气中的小水珠冷冷地照过来。光还是来得太突兀，叫人打了个寒战。

八戒忽然笑道："有意思，原来是个有行止的妖精，该交个朋友。"

行者也笑了，问道："你怎么知道好歹？"

八戒道："古人说：'夜行以烛，无烛以止。'你看他打一对灯笼引路，必定是个好的。"

行者笑道："果然。"

他二人竟有心情在这会儿说起笑来，因为他们都知道，大敌当前，最关键的是要保持心平气和，千万不能紧张。紧张、胆怯，那就等于落入自己挖的陷阱里，败了一大半了。很多时候，败一点点，就等于死。

这时候倏地一阵狂风扑面而来，带着浓重得令人作呕的腥臭。前方一声马嘶，行者就在这时候笔直向前冲了过去，八戒也跟着。前方喷来一股水柱，八戒原想不避，可是前方树木只要沾着一星半点便立即溃烂烧焦，八戒一惊，忙往一边翻滚出去，半边身子还是沾着了毒液，一条膀子只觉得一阵剧痛，痛过后像有成千上万只蚂蚁毒虫同时咬啮，逐渐向全身爬去。八戒运足全力，抡起钉耙往前上方跃出。

行者孤注一掷冲向可能是最危险的中心，结果证明是赌对了，他落脚在一片柔软黏稠的沼泽上面。身后的巨响过去后，周围变得非常寂静，没有先头的风，没有乱风刮过树林的尖啸，没有鸟兽虫蠡的怨恨的梦呓。脚下好像是一条道路，没有那么多的障碍，可以沿着这条路走下去——他也没得选择。但是身边开始有生气。

看不见，但是感觉得到。尽管那些东西还是不快乐，但是是活的，那些魑魅魍魉窸窸窣窣地擦身而过，充满恐惧与驯服，以及微弱的……希望。行者对自己的感觉疑惑不解，在这样没有一丝光线一丝活力的地方，游弋的形同于死的卑微生灵，还有什么样的希望，竟能使它们苟延残喘地存活下去？还是完全麻痹了，活着只是因为不死，行尸走肉？极度黑暗中，没有光，什么都看不见，但是身边都是细小的活物，有着细小的乞求，没有声音。

行者在这里头不知道行走了多久，脚下越发潮湿，所幸没有要命的深深泥沼。有的地方有细微的滴水声，甚至可能经过地下的河流。走得越久，就越觉得自己和那些游弋中的魑魅魍魉没什么区别。他紧闭着嘴唇，什么话都不能够说。

忽然心头一亮：行走的苦役，我们所要做的不就是寻找从中解脱的办法？

这时又是一声马嘶，好像白马闻到了他的气息，欢快地低嘶了几下，打破了长长久久的沉寂。同时，行者重新找到了先头他所追踪的气息。那妖精就在那里。

"孙行者，等你很久了。"那妖怪的喉咙像是被烧焦一样，声音像枯焦的树叶，很沉着，沉着里头有一分抑制不住的迫不及待。

- 5 -

井底下，十余个村民，三藏，沙。惨碧的萤火，照得人也像魑魅魍魉。三藏拿出包袱里的干粮分给村民，沙则担心行者同八戒的安危："去了那么久，不知道会不会有什么事。"

李老儿冷冷道："去了回不来也是活该。"

沙怒道："你说什么？"

李老儿道："你们的理想不是斩妖除魔么？假使完不成理想，还不如死了。"

沙一时语塞，片刻又道："大师兄二师兄本领高强，一定不会有事。"

李老儿道："那你还担心什么？蠢人就总是爱做多余而无聊的事。"

沙怒道："你不蠢，怎么会连同全庄的人只能躲在不见天日的地方等死？"

李老儿一愣，低声道："我是做错了，我只做了一件蠢事，就落得如此下场。可能你比较幸运，一直这么蠢还好好活着。不过接下来怎么样，就不知道了，说不定，也快了。"

沙道："什么意思？"

李老儿不答，道："我是在等，可是一定不是等死。"

三藏开口道："你等我们？"

李老儿闭口不言。

"是的，就是等你，"那人道，"我就是那个蜘蛛精，山上四千八百只妖精都归我管。"

他停了停，接着道："现在剩七百只。我杀死了一千四百只，它们不服我；它杀死两千七百只。"

行者道："它是谁？"

突然间翻天覆地震动起来，地面翻滚起伏，行者一跌，未倒，便跃起，身子撞在坚韧黏湿的墙壁上。

蜘蛛精的声音从不远处传来："我们就在它肚子里！蟒蛇！蟒蛇！它留下来的祸患！"

行者一惊，竟然有如此庞大的蟒蛇，之前看到的两盏灯原来是这异物的两只眼睛。地面开始疯狂抽搐蠕动，直往一个深潭运送，四壁布满湿漉漉黏搭搭的汁液。汁液大量涌了出来，非但无法借到力气，反而要被喷薄而出的无数水柱冲撞得昏迷，而且这黏液带着浓稠污秽的酸腥气味，排山倒海。行者处于这样一个糟糕得不能再糟糕的境况，还漆黑一团，完全看不见。巨响，恶臭，腐蚀性的坏感觉。感觉器官都被运用到了极致，这时候，只剩下心，心一定要清净，一定要——

行者感到白马在附近，朝那个方向跃出去，一抄手揽住了白马的脖子，把白马拦腰挟在臂下，一边用金箍棒往斜壁上一撑，身体向反方向飞纵。迎面飞来无数柳絮一样的细碎生灵，沉默地或声嘶力竭地哭喊，撞击着行者身上各部位，被抛入行者身后的万丈深渊。行者只能咬着牙，一心逆向而行。巨蟒翻腾不止，行者一口气力将尽，翻身滚上白马，相信它的灵性能助他二人逃出生天。白马一声长嘶，四蹄跃空，暴躁而刚烈地一飞冲天——

"我打！打你个妖怪！打你个吃人不吐骨头的！我打打打！！"

八戒踏在滑溜溜的万丈巨蟒身上，巨蟒蜿蜒盘踞了整个北坡，尾巴浸泡在污气冲天的稀柿衕中。巨蟒的皮肤肌肉又厚又粗，八戒用钉耙用力砸下去铲破它的身躯，溅射出来墨绿色浓稠的血。巨蟒负痛，拧绞起来，要把八戒甩落，然后缠碾成肉泥。"大师兄生死未卜，你给我吐他出来！"八戒努力用钉耙固定不让自己跌落，犁得巨蟒血肉模糊。眼见巨蟒颈后一丈似是七寸处，欲过去打致命之地，曙光乍现，一束利剑般的阳光刺破黑暗。猛然间那处爆破，绿血像火山一样喷发出来，高达三丈。裂口冲出一人一马，人在马上，马烈人怒，那不正是行者与白马？蟒心一毁，巨蟒临终翻滚，渐渐瘫软在地。

行者、八戒与白马在一旁，气喘吁吁，看着庞然大物快速腐朽。肌肉萎靡下去，露出山洞般高耸的骨架，厚重粗糙的皮覆盖在上面，绿颜色的血肉流淌得到处都是，沿着北坡，大多数汇入稀柿衕，腥酸臭气浓重得无以复加。清晨的阳光照到森林里，从浓密的枝叶间冷冽地披在死蛇身上。

巨蟒身体里未死去的山林小鬼又钻了出来，卑微而满足地瞬间逃逸到深山老林当中。

"这么多妖精是什么？"

"想必是那些与村民相安无事的妖精。"行者道，"你知道什么是它们在无限黑暗中存活下去的希望？"

八戒笑了起来："自由吧。"

行者也笑道："大概是。"忽然想起："可是不知道那个蜘蛛精哪里去了，原来他管辖着那些妖精，不知道它们在他的管辖下，是不是生活得好，又不知道他等我做什么。"

八戒道："你见过那个蜘蛛精了？"

行者道："对啊，在那条臭蛇肚子里。"

八戒笑道："你不说我都忘了。"

行者道："什么？"

八戒道："果然很臭啊！赶快找地方清洗先！"

行者笑道："是的是的。"

二人牵着白马嘻嘻哈哈地往山下走去，一路走一路说笑。八戒道："说真的，怎么那么臭，又生得那么大。老天爷真是十万样东西都养得出来。哎，你比我臭很多啊。"

"有吗？大家差不多吧。"

"当妖怪也很开心啊，自由自在。"

"是啦，妖怪有妖怪的好处，人有人的好处。大家都是老天爷生的，何苦你灭我我灭你拼个你死我活？"

"我们也很开心啊，有个热水澡洗就更开心了。"

"再吃点好的。"

"对，再睡个好觉。"

- 6 -

随风吹来腐臭味道，连井里都闻到了。

沙道："什么味道？"

李老儿脸色一变，闷哼一声，没有回答。

森林在河流上方破开一道口子，阳光照得水珠亮亮晶晶，薄雾将散未散，水流颇为湍急，可也正是因为这个缘故，水才比较干净，看得到河底柔软的水草和石块。行者和八戒在此洗濯一身污秽，白马站在水里，也在清洗自己，马蹄轻探徘徊。

蓦地，白马轻嘶，一蹄踏空，站立不稳，被水流卷走。行者扑过去抓住白马的鬃毛，一时停不住，顺水漂了一下。八戒并不以为意。这时候行者腰间一沉，白马的腰部以下变成了柔韧可弯曲的形态，用腿和丝丝缕缕的马尾紧紧缠住了行者。行者的心也往下一沉，刚想开口呼叫，一口水灌进口中。一眨眼激流将他们卷到一个落差处，行者和白马一并从危崖瀑布坠落。行者的双手也被鬃毛紧紧缠住，鬃毛变得坚韧无比，三千烦恼丝般缠绕包裹行者全身。行者被白马拖进瀑布底下的深潭，白马入水，上半身也变成柔韧的躯体，然后现出一张一半美艳一半丑陋无比烧毁的面容。行者能挣断百炼钢，此时竟挣不脱这蜘蛛精的痴缠。

蜘蛛精的八条手臂环抱箍紧行者，然后亲吻他。长得足以致命的吻。行者在这里头逐渐失去力气，眼看昏厥。耳边听着蜘蛛精的话语，它的嗓音比夜枭还难听，语气却温存无比。"孙行者，谢谢你,我自己一个人没办法杀掉那怪物,没法解救它们,我知道你能够做到,你果然做到了。可是我不能留着你,你力量本来比我强。你知道,用完的东西一定要及时除掉,什么祸患都不可以留下,不然一定会后悔的。"妖精娇笑着,"至于白马,我放它下山了,你说我对你好不好?先前你骑着我,很舒服吧?现在轮到我骑着你了,我会让你舒服地死掉的……"

他们在旋涡里越沉越深。

八戒终于沉下去看到他们的时候,蜘蛛精正放开怀抱中的行者,昏迷的行者就往下堕去。妖精娇艳如花的侧面对着八戒,斜眼看八戒,艳气凌人,媚眼如丝:"你来。"

八戒额上沁出的冷汗在寒冷刺骨的潭水里凝成一颗一颗小盐珠子滚落,他低吼一声投入了妖精的怀抱。

- 7 -

沙坐立难安。"师兄怎么还不回来?"

李老儿面无表情道:"怕是被妖精除去了吧。"

沙道:"那妖精真有那么厉害?"

李老儿眼中闪现一丝怨毒,道:"厉害,厉害得很。可是这些日子,它也未必过得舒服,而且太笨。"

沙道:"你怎么知道?"

李老儿恨恨道："我怎么不知道？"眼里精光暴长，闪电般出手，扣住了三藏手腕。

蜘蛛精一声厉吼，从腹部一直到头顶一劈为二。八戒怀中抱着九尺钉耙从它身上划过。成串的气泡珍珠一样往水面上阳光刺进来的地方升去。八戒的脸冷白冷白。

沙勃然变色，手也已经到了李老儿喉间，怒叱道："你干什么？"

李老儿道："现在不知道那两个家伙是不是已经死了。你们也不能活着出去，让那妖怪知道我们躲在井底下。"

沙冷笑道："你以为它不知道么？你以为你们这样躲着就能活下去？我师兄也对付不了的妖怪，要是想取你等的性命，还不是易如反掌？"

李老儿一愣，放开三藏的手腕。

李老儿喃喃自语道："再等等，我想知道他们究竟能不能杀了它。"

井上马嘶，沙面现喜色："回来了！"十多个村民也都露出欢喜的神情。

只听得马蹄嘚嘚，等了一会儿却不见行者、八戒下来，也没有听到他们的声音。

李老儿这时才显露一丝阴森森的笑容。"很好，看来是同归于尽了。"沙一回头间，李老儿一掌拍出，沙毫无防备之下遭此重击，飞了出去。三藏变色，一个男人满面惊诧道："大当家？！"李老儿双手一抓将他拦腰撕开，一个妇女扑上来抱住李老儿的腿，被他扔出去撞在墙上肝脑涂地。然后立即抓住三藏，狂笑起来，笑得整个井底下訇訇作响震耳欲聋。村民的眼耳口鼻都冒出血来，当场毙命。三藏面色苍白，双目紧闭，五官也已渗出鲜血。

李老儿面目狰狞，道："你到底还是个蜘蛛。我的确后悔养虎为患，要你为我所用，希望你日渐强大。我贪心啊，看着你一天比一天强，直到完全抢夺掉我的权力。可是你也没有想到，我养的不止你一个。你把我逼到这里，你还是要受我的大蛇所困，哈哈哈！你想要七绝岭，我想要你死。不但要你死，我还要唐三藏的心！"

沙身受重伤，且不敢轻举妄动，沉声道："你要师父的心有何用？"

李老儿狂笑道："唐三藏是圣徒，得到他的心，一定可以得到无比强大的力量。到时候，岂止是七绝岭，整个妖魔界，不，包括神仙在内，都要握在我的手里！"

沙轻蔑地笑了一下。李老儿不放在眼里，一手挟着三藏，一手提起沙的后襟跳出井外。

井外孤孤单单一匹白马。沙心里一紧。

这时候，八戒来了。待沙看清的时候，希望也沉了下去。八戒的肩膀上扛着行者，看起来毫无活气。

沙叫道："大师兄！"眼泪忍不住夺眶而出。

八戒一来，见到李老儿两手分别拿着三藏和沙，愣了一愣，然后把肩上的行者扔到地上。行者摔在地上，脸色铁青，没一点反应。八戒对李老儿道:"我现在就走,你我之间没有过节,你也不要为难我。"说完扭头就走。

沙痛斥道:"王八蛋!"

李老儿哈哈大笑。

八戒站停,转身面无表情地道:"你呢?你喜欢他陪他一起死好了,笨蛋。"说完,一脚踢在行者腰上。行者像个破麻袋一样往沙脚边滚了滚。

这一刹那,面如死灰的行者飞速滚向李老儿脚边,直抓向他脚底。没有人会朝这个方向出手,也没有人可能有机会朝这个方向出手,可是他算准这里一定就是死角,全身上下最薄弱的地方,拿捏到就能杀死敌人!同时,沙和八戒也迅雷不及掩耳地发动了。沙泪迹未干,但表情坚定,抓住李老儿肋下,用力一拆,八戒已趁李老儿心惊分神的那一刻救走了三藏。行者手指住李老儿死穴戳下,抓住脚踝用力一拧,只听到枯木断裂的声响,沙也拆下一片朽木,行者催逼三昧真火,李老儿浑身燃烧,转眼间只剩下一段焦木头。

四人一身冷汗,怔怔看了一会儿。

八戒吁了一口气,道:"何必呢,你这个老柿子树精。"

沙低声道:"做妖精,也很不容易的。"

行者回首向群山望去:"还有这漫山遍野的妖精,愿它们好自为之。"说罢牵过白马,扶三藏上马坐好。

还有这出奇大的山,只走了一半,剩下的路不知还要走多久才能走得出去。

西天

The Pilgrimage
to
the West

chapter 04　第四章 ─────────

波月洞

- 1 -

土乃五行之母,水乃五行之源,无土不生,无水不长。
我的血肉是水化成的,所以不会热,不会有红颜色。
倘若你看见我面如桃花,那是我红色珊瑚的骨头透露了出来。

- 2 -

"咚咚,咚咚,咚咚,咚咚……"行者又听见自己的心跳。心在胸膛里撞击,好像有另外一个人在里面用力擂响一面鼓。入山以来,他已经不是第一次听见这个声音了,好像山谷里都会有回声传来。

山越来越高,冬天已经到了最冷的时候。山势陡峭,涧壑很深,乳白色的瘴气和云雾像水一样在底下流淌着,在举头三尺的地方蜿蜒成河,环绕着巍峨凌厉的黑色山石。半空中白云袅袅上悬浮着山峰,高处终年积雪。很少绿色,入眼尽是深深浅浅的水墨氤氲。这是一座黑色的山,有树的话大都枝干苍劲、长势险兀,或者是些深青色的苔藓、铁色的真菌、暗紫色的藤条。一派美景,惊心动魄,人间罕有。从三藏四人踏进这条山脉的地界开始,就降雪不断,山路难行。这天,雪停住了,不时有风把高处那些岩石上残积的雪吹下来,空中飘着那些细末,分不清是不是又落雪了。灰白发亮的天空和远处山岭上的雪融为一体。头顶咫尺间,积云滚滚,跑得非常快,叫人不免产生眩晕的感觉,饶是行者这般腾云驾雾的人,也为这暗哑景象惊叹一声。

玄色飞鸟当空而过,周遭幽僻清冷。

山愈高,空气愈稀薄,夜晚翻身的时候都会呼吸困难,好像一不小心会压破心脏。越高的地方,离天越近,越听得见人心脏跳动的声音。

忽然间,成群禽鸟拍打着翅膀越过山峰,往西北画了一道长长的弧飞过去。它们大声鸣叫,长空无痕。行者正待奇怪,心念一转,低呼"不好"。只听到上方远远近近传来低沉的轰鸣声,八戒惊呼:"雪崩!"两个字间耳听得轰鸣临近,白马受惊,三藏纵马狂奔,三人在三藏左右疾步奔逃,四面山峰上的积雪像瀑布一样一泻千里,又像成千上万匹受惊的白马冲杀疆场,穷追不舍、生死相逼、刻不容缓。三藏一马当先,巨大的雪堆滚滚而下,逃不过去也逃不动了。行者转眼见一处小悬崖,喊了声八戒。八戒当下会意,一伸手拉住沙的手臂往下跳，贴紧崖下山凹躲避。行者攥住白马缰绳，怎料白马剧惊之下狂烈难驯力可拔山，将缰绳硬生生挣断，带着紧紧贴伏在马背上的三藏四蹄腾空，飞一般越下山崖狂奔而去。

行者抓着半截缰绳怔了一下，千堆乱雪已当头砸下。八戒想拉一把行者，却不料拉了个空。行者一头撞向冰雪，竟由那落下来的千斤冰雪中破空出去，冰和雪由于强大的冲击力在他的头脸胸膛上凝结打砸成厚厚的坚硬的铠甲，其余的猛烈爆炸散开，雪光漫天。行者披着一身冰甲像离弦的利箭破空划过，追——白马！

白马一路狂奔不止，一拐弯上斜道，奔跑上坡势平缓的一片谷地，暂时避开了汹涌的雪暴。三藏在马上，紧抱马颈，面色苍白，任由白马带他一路驰骋征战，同风雪厮杀，他只在满耳疾风狂哮的生死时速里越过千里冰封、万里雪飘。突然，白马长嘶一声，扬蹄立起，只见前方树上高高挂着一件大红绣花衣裳，突兀艳丽。三藏再坐不稳，摔落马下，爬起身，就看到不远处一件事物。

施展身形追踪的行者后一步赶到，正见三藏落马，一惊，又看三藏起身，显是方才一番奔波安然无恙，便舒了口气。顺着三藏的目光，看到远处那件事物：雪色洁白干净，像是方才雪崩覆盖下的，雪地上赫然露出一缕黑的长头发，那种黑很深很深，刺得人瞳孔倏地一凉。

三藏目不转睛地看着，稍作迟疑，便下马，向那边走去。

行者大叫道："师父！小心！"

但三藏坚定不移。

三藏决意要救那底下掩埋的人。一阵风刮过，卷走表面的雪，底下是和泥土冻在一起的肮脏的坚冰，看来起码冻了半月有余，埋着的人恐怕早已死去多时，没有活着的可能了。三藏一愣，行者跑过去，在一旁长叹了口气。庙堂之前，朝天大路上冻死尸骨也能成堆，相比之下，江湖之远的这深山中或许迷途的亡人又算什么呢？

三藏却继续挖掘了起来，他用手指用力扒开那人头顶上的冰雪，然后用禅杖凿碎周围冰块，怕伤到人体，又用手挖掘起来，一双纤长的手冻得通红僵直，可他不以为意，很吃力，专心致志。行者站着看了一会儿，道："你不要挖了罢，没希望了。"说完这句话马上蹲了下来，用右手掌拍在冰雪大地上，像抚慰般。只见他手掌下渐渐陷下去一小块，面积逐渐扩大。眼看着坚冰渐渐融化，那缕乌黑头发在一汪雪水上漂浮，看到了头顶。行者收了手，道："不能再热了，不然身体会伤得严重。"唐僧向行者笑了一下，便和他两个用手一点一点挖捧掉略变松散的冰雪。

他们先是看到了她比冰还白的额头。

接着是她紧闭的双目。

粉红的脸颊和嘴唇。

没有鼻息。

"死了？"行者吸了一口气道，转头去看三藏。三藏柔弱苍白的脸上带着不放弃的坚毅表情，额边泛出了晶莹的汗珠，行者心中不禁涌起一股温暖的情感。

- 3 -

当三藏还是个姓陈的小孩的时候,就见到过行者,孙悟空。三藏记得那时自己是多么小的一个孩子,像很多小孩子一样,像很多小孩子长大后还记得他们童年时的遭遇一样。也许我的父亲当时是个很年轻的孩子,也许我的母亲也同样年轻,也许我的降生人世的的确确是一个意外,五种颜色的果子在我受胎的那一刹那成为有情的一分子,长了眼耳口鼻身意六片叶子的同时,花谢孕生。这个孤儿被放在木板上顺水漂去一个混浊的世界自生自灭。

那天他一个人在山脚下东走西逛,手里拿着个小木盒子敲呀敲,笃笃笃笃。大蝴蝶在身边翩跹。他一边走一边踢小石头,笃笃笃笃。小孩子不怕吵,喜欢弄出些持续的声音来跟自个儿玩。走着走着脚下一绊,往前摔了一跤,手里的木头盒子就骨碌碌滚了出去。没摔疼,爬起来,往前去找木头盒子。拨开茂密的杂草,猫着腰向里钻,找呀找。忽然,看见一个人——竟然被整座山压着。他还当他背负着整座山,吃惊得非同小可!生命中不曾如此被惊动——只看到一颗露出来的脑袋,头上堆着苔藓,耳朵里长着薜萝,鬓边的头发和野草纠缠,颔下是青青的莎,眉间的沉郁处积着泥土,他竟还能认出他的脸面是个人形,若不是坚硬过岩石,怎么禁得住五百年的风霜雪雨鬼斧神工?

若不是伤到了心,怎么会紧闭双目再也不能看见天日?

姓陈的小孩听见自己心口"扑通、扑通"跳得厉害,但还是弯下腰去看他。他紧紧闭着双眼,就像死了。小孩蹲下去,他没有一丝呼吸，就跟死了一模一样。小孩跪到地上，伸出一只手，放在他消瘦的脸颊上，忽然一颗冰凉的眼泪从紧闭的眼睛里流出来，落到小孩的掌心。小孩心里一疼，忽然觉得他的痛楚苦难，也就是自己的痛楚苦难，紧紧相连，密切无间。小孩俯下身子，把自己的脸颊贴在他的脸上，又是一颗冰凉的眼泪，掉进小孩眼眶，从他眼睛里又掉出来，掉进泥土后不见了。

一转身看见刚才在树荫下小憩的老师父寻了来，站在身后，打趣似的道："你难道还想救他？"姓陈的小孩不作声，老师父牵起他的手往回走，边走边道："下次不要乱跑，坏人也在外面乱跑，撞上了怎么办？我跟你总归会走散的，不过还太早了点儿……"

是年春天，姓陈的小孩师从带他的云游老师父，剃度为僧。

多年后成为三藏大法师的他仍然能够走回他来时的路上，独自一人。成人英俊而安静，手上没有那个小木盒子，笃笃笃笃。香火青灯的轻烟和钟鼓磬铃梵唱浅浅刻在他洁白的掌心，那下面沉睡着人们的痛楚苦难。在注定的偶然的回首一眼，再次看到他背着整座大山，他的眼睛睁了开来，望着他。一刹那就好像照镜子的时候看镜子里自己瞳孔里的自己，无数个来回，一朵莲花静静开放，你带给我安慰与了解，你带给我水，幸福和磨难的征程。

三藏在孙悟空的头颅旁边跪下来，用他的手指挖掘整座山。看起来他疯了。孙悟空尚有钢铁脊梁，他只有额边柔弱的汗珠、琴弦一样的洁白手指，挖掘到鲜血流淌。

孙悟空目不转睛地看着三藏，三藏脸上就是那种永远不会变的不放弃的坚毅表情。

当时他也叹了口气,道:"你不要挖了罢,没希望了。"
五百年没开口,说的第一句话。
三藏听了就住了手,从跪地处往后结跏趺坐下,开始念经。
直到地裂山崩的一下。
若不是因为你。
为此我五体投地。

- 4 -

美女有很多种,很难讲清楚她们面貌的不同。这是一个冻僵的美女,给你的印象是不是会有稍许的不同而深刻一点呢?
一万个人想象的美女有一万种样子。你告诉我你能从一万张脸里分辨出她的样子么?
三藏把她从冰雪里拖出来,她的身体冰冷僵硬,有着很黑很长的头发。头发被冻硬、僵直,冰和雪在头发上,像是染白了她的头发,像是三千丈的愁,像是她已经苍老,可她的皮肤犹如婴儿,薄霜覆盖着玫瑰色脸颊,双目紧闭,薄薄一件白色长衣裳罩着里面一件红衣。三藏脱下自己的袈裟裹住她,将她抱在怀里。
行者先记住的是冻僵的美女,然后是三藏抱在怀中的这个美女。
不知道为什么,他心里涌起一阵烦躁不安。用脚踢地上一堆一堆的雪,扬弃,散落,飘荡,融化。
三藏很安静,女子在他怀里。

行者不知道自己要不要说话，想找话来说，找不到，又觉得无论说什么都会有点窘迫，反复想多了，便窘迫起来。
　　最后还是说了一句："师父，小心。"
　　三藏微微地点了一下头。
　　行者转身走到远一些的地方去生起一堆火。柴不够，又到树林里去拾。拾来了就坐在火堆旁，一点一点扔进火里，听见偶尔有一两声噼啪作响。
　　女子的身体过了很久渐渐变得柔软，雪水浸湿了她全身的衣服，紧贴在身上。袈裟也湿了，三藏的衣服也湿了，水沿着她的衣角他的袖口濡湿沾满风尘的红色袈裟。她的长头发滴滴答答流下水来，到地上又变成冰，湿掉的黑头发更加黑，身体更加柔软。三藏很安静。
　　在她身体暖和之前，她的眼睛睁了开来，目不转睛地看着他，可是靠在他的胸膛上也没有听见他的心跳。那一刻，不知道她有何感想，是否怅然若失。她说："谢谢你。"伸出胳膊搂着他的脖子咬着他的耳朵说："谢谢你。"
　　行者丢过来一声不算响但是气愤的话："你干什么？！"
　　女子仍搂着三藏，扭头看了一眼行者，忽然展颜笑了。这一笑直羞煞春风，问道："请问二位师父，可是去西天取经的？"
　　行者冷冷道："是。与你何干？"
　　女子道："没什么，我只是问一声。"
　　三藏问道："你怎么会独自在这荒郊野岭，又怎么会冻在冰下？"

女子想了想，眼波流转，像春天盈盈的潭水，道："我迷路。我是出来找人的。"

行者道："找人？找谁？还有谁人可找？"

女子离开三藏，坐到地上，道："找过去认识的一个人，想问问他……说过的话，还算数否。——这里也并非荒无人烟，过了这个山，就是波月洞，有很多人的……只因为天寒地冻，且管理森严，物资在内皆能自给自足，所以，一般是不会外出的……"

行者冷冷地看着她，她在他目光里无所遁形，他说："妖精。"

女子的眼光一下子定住了，也迅速寒冷结冰。忽然发出一阵咯咯娇笑，跳起来转身就走。行者也不拦她，看着她湿淋淋的像个水妖的背影，拖着袈裟，水又在她周围笼起一层寒烟。

"等等。"行者忽然说道。

她回过头来。

"袈裟，留下。"

女子看了眼披在身上的红色袈裟，嘲讽而妩媚地笑了一下，不理会他。

树林里跃出一头斑斓猛虎，驮了女子又奔回林中。

行者目光里有种轻蔑的神色：这样的妖精，真的很烦，叫人讨厌。

三藏低了一下头。

行者走去树林中拾柴，三藏开口问道："你认出她来了？"

行者看了看三藏，问道："认出什么？"

三藏也不说话，低下头。三藏是个话很少的人，低头的姿势很好看。他生下来,像每个婴儿那样预感到诞生的不幸福而哇哇大哭,然后他就没有想到要说什么话。说出来的话像泡影一样白费,像炙灼的锯子一样切割真和善,嗞嗞响着,缕缕青烟升起来,还是像泡影一样化为乌有。这堆火等到八戒和沙来的时候派上了热酒的作用。八戒说酒能洗肠,可清心,他的心肠一直都很软,也很热。

- 5 -

波月洞的状貌,好像是远古的时候这里可能有过一滴水和一整座岩石山峰长相厮守的故事。一滴水从天而降掉进它的罅隙,结成冰,像榫子一样把它弄伤、撑裂,深入它。更多的水从天而降,岂止是厮守,简直是厮杀,漫长的抵死缠绵,直到如今山变空心。水在它的脉络里流淌,造成天地间孤零零的一个她和那七百个孤零零飘荡的游魂野妖的栖身之所。她住在洞府的最高处,上方有一眼透天的洞,像是口朝天的井,月亮刚好滑到它正上方的位置照下来,映在水潭上,又返照到贴石壁的一帘水上,像淡黄色的眼泪不住地往下掉。她的脸也映在水帘上,当镜子来用,镜子里看见自己披着红色的袈裟。身后有个男子走了进来。

"你没事吧?"

"唔。"她没回头,在镜子里看着男子的脸和她的脸和淡黄色的稀薄月亮一起哗哗往下掉。男子体态峥嵘,面貌硬朗,眼角眉梢有一点甜腻腻懒洋洋的媚意,除此以外掩饰不住凶残和暴躁,从精健的肢体动作里流露出蠢蠢欲动、蓄势待发的暴力。这副皮相真不错，她想。

男子穿着黄色的衣服，道："你没说一声就走开了。"

她道："唔。"

黄衣男子道："怎么会？"

她道："练功的时候突然听到奇异的鼓声，扰乱心神，寒气岔乱，冻住了。"

黄衣男子想了想似的，道："哦。你早就知道他们会经过这里么？"

她猛然转身，大声道："我怎么会知道？我也没想到。"

黄衣男子道："那现在打算怎么办？"

她道："没想好。只想先问问他，听他怎么对我说。"

黄衣男子露出一丝艰涩的表情，道："结果他说你是妖精。"

她道："他说得也没错。"

黄衣男子道："不知道你去哪儿，走了十三天。"

她漠然道："没什么好担心的。"

黄衣男子还想说什么却没说，光是站着。

她道："你出去吧。"

黄衣男子顿了一下，转身离开。

通过一条不长的狭窄的甬道，喇叭状出口豁然打开，是一个无比宽阔的天然岩石殿堂，可以容纳七百个妖魔鬼怪在此向他们的月亮和法力超群的圣主公顶礼膜拜。七百个都是追随她的亡灵和山上的野生妖精。月亮投在前方的水潭，这里面沉积了无数曾经活过死去的祭品。它们被沉埋在水和月亮的压制下，永世不得超生，用来偿还妖魔鬼怪不得安宁的苦痛生命。这是波月洞可以看见月亮的第三处，它的出现一日一度唤醒它们苦痛的记忆，现有的灵魂和身躯，现有的存在，得以存在的极度欢愉。为此它们最大限度地伸展扭曲的身躯，伴着欢呼、咒语和呻吟，全力跳跃起舞，以期获得生的恣肆和欢畅。黄衣男子在上首坐下，旁边有个麦色皮肤的甜美女子幽幽地道："何苦为了那些负心人？"递上人骨酒樽，黄衣男子端起那比血还浓的酒浆毒汁一饮而尽，肠胃顿时燃烧起来。他一面纵声歌唱，一面跳起了火焰一样熊熊的舞蹈。

——而它们的厮守和厮杀从不曾停止。她想，看见又一滴水沿着倒挂的尖润石头滑下来，她伸出食指去接，可水滴在坠下来的一刹那凝成了冰，像一柄无锋的剔透的剑要刺破她指尖的一点。要是刺破也不会流出殷红的一滴血，她想。她往水帘凑近了些看自己，又一滴水沿着方才的轨迹掉在她脸上。她不喜欢月影在她眼角眉梢明晃晃地摇摇欲坠，便把水帘冻结住了，悬挂在半空，水滴也在脸上化为一层水银模样。

——我怎么知道还会再次遇见他们？

——现在打算怎么办？

——你又能怎么样怎么样怎么样……

她自怨自艾了一会儿。圣主公，神功盖世，法力无边么？呵呵，什么神功？什么法力？呼风唤雨还是引雪降霜？降低温度或许是出于心底的寒意。一向不喜欢雪，雪是那样转瞬即逝。如何求得不消逝的生命……因为背负的誓言，不再有恒定温度的血液。假如周围春暖，身体里便能花开。假如接近太阳一分，身体就会沸腾。这样一来，同人类对时光流逝的看法大相径庭。对他们而言，每一秒钟的长度和周期是相等的。可是对她来说，温度变高，每秒钟变短促；温度降低，每秒钟开始扭曲、无限延长。于是，定义一个事件，不仅利用空间和时间，还加上第三种坐标——温度，就好像微小的爬虫。至少，可以暂时延长存在吧。可是，连爬虫都不如呢！它们是活的，她却是死去的，在死之后无法终结的畸形延续，像守宫不要的尾巴——别人丢弃了的，却已是我的全部。

她试着变老，身体一下子萎缩佝偻下去，弱不禁风，脸如枯叶，水分都蒸发，袅袅白雾笼罩全身。她狠狠地看着镜子，在它融化之前一下子把一面月亮砸成碎片。

——我要找他算账，要报仇。

- 6 -

——杀死他之前要不要让他知道我是谁？
——为什么不？不是很想听他到底能说些什么吗？
——他能说什么？
——在想到要杀死他之时，心里竟然有一种很温柔的感觉，好像亲手杀死他，是跟他最亲近的亲近。不让他清楚明白，而温柔地死在我的目光里，不是动人又宁静么？关于杀他，竟然能带来一丝羞涩，不想让他知道，不想让他看低，不想让他恨我……

——我自己恨他入骨，还管他恨不恨我？有趣。

——就凭我，怎么让他死？

行者四人走在路上，忽然听到前方不远处的树林里传来若有若无的呜咽声，凄凄惨惨，听来叫人头皮发麻。

第二声叹息，已在咫尺之内。

听得人心里一紧。

"杀人偿命，"老妪从斜刺里出来，一把抓住白马的辔头，带着浓郁的哭腔道，"你去死吧。"

白马一惊，但又似乎嗅到一丝相识的气息，因而犹疑着，只是不安地扭犟着脖子，小步踏动，耳朵因为情绪不好而耷拉着。

行者又非常非常烦躁起来。

"我杀谁了？"

老妪悲切地笑了一下。

即使你的头发已斑白，我也记得它像缀上闪烁星辰的夜空；即使你的脸干瘪枯萎布满了皱褶，我也记得它像晚霞映照下最高山峰上终年不化的积雪；即使你的眼睛失去了光泽爬上了蜘蛛的网，我也记得——它令我失去形容，行者想——我已经看破你了！

"你看破我什么了？"老妪嘲讽地笑了一下。

你竟然会变得如此苍老。我不曾想到，又也许会想到，却不曾预料苍老的变化在我眼前发生得如此仓促。原来世人说的与子偕老是件如此具有悲怆意味的事情，却要与另一个人在仓促之间做一个见证，你的样子行将就木，行者想——妖精！

"滚。"行者强忍住无来由冲天的怒气,压低喉咙说了一个字,滚。

妖精倔强地不肯动,冷冷地看着他。

三藏、八戒和沙也都不说话。三藏是不愿说,说了又如何?八戒是不知如何说。沙呢?都不说话,看着,那么沉默,简直听得到热血在耳郭里面汩汩流动的声音。行者很难堪,莫名其妙,烦躁不安,愤懑,好像是有所亏欠,感觉中如此,可究竟是什么?还有妒忌,可又妒忌什么?该死的!行者绕开妖精独自往前走。三藏终于开口轻轻地道:"金。"妖精倔强地不肯动,冷冷地看着三藏,一颗眼泪从混浊的眼眶里流出来,陷进纵横的深皱褶里蜿蜒成河。

泪未落定,妖精一脚踢中白马膝盖,白马嘶鸣了一声向前跪下。妖精单手一按马首,空翻而上,另一只手就去扣三藏的脖子,手没够到就被一棒打来。她也不避,手掌一翻就抓住了金箍棒,身体欺棒而上,改而抓行者的脖颈。行者甩不脱她,只好另一掌当头切下,见这妖精定不闪避,忽然收住了手。那一刻竟心一软,那一掌切到手端的金箍棒上。金箍棒脱手,妖精从棒上弹起,手指已到了行者喉间,一迟疑。行者回神,怒喝,妖精一迟疑间已失去机会。行者开始下杀手。冰冷的枯枝般的手指,在喉头残余的触觉仍在,万分令人厌恶的感觉。妖精惧怕了,知道他这次当真要杀她,怎甘心被他杀除?避了几避都险些丧命,脚尖一挫,拧身逃遁。行者伸手一抄,触手是一截羊脂软玉般柔滑细腻的脚踝,再一迟疑。妖精在雪雾中遁去,洒落雪末一样的咯咯笑声。

行者喘息。

很累人的战斗。

是因为山太高吧。

行者变得不愿与师父师弟多说话,抱着辨别不清楚的气愤,心里也有一点点的惊讶。并且,好像刚才听见三藏唤了声"金"……

三藏又垂下了眼睛,只道:"走吧。"就接着上路了。行者好像听见八戒长长地叹了一口气,再听就是他唱起歌来,拖着回转起落的悠长调子。行者听来,面色却越发难看了。沙也垂头,沉默不语。

"什么金?"行者发问道。

三藏低声道:"你已经知道她是谁了吧?"

行者只觉得胸口一阵发闷,果然。

行者闷闷地走了一段,说道:"我找找看哪里有吃的去。"将身一纵,跳上云端。冰凉清新的云间水雾钻不进他紧闭的肌肤,不过在高处稍微好了些,朝下看黑黑白白的山石冰雪广袤无边,山峰向阳处竟会有一片粉红色的点子,是桃花吧。还记得天上的桃之夭夭,花果山漫山遍野的桃花比朝霞还鲜艳,那时候,虽然有时也焦躁不安,但那是种叫自己痛快的冲动吧。何况,五百年后,再也回不去以前的轻狂时分了。那片白雪中娇嫩的粉红,是在一道银蓝色的涧水环绕之内,依照天然地形造就的一座城池,利用洞穴开凿出的堡垒,却明显是他们要通过这座山的唯一道路。旁边都高耸着刀削一样的峭壁,好像强健的禽鸟都难以飞越。

他平生第一次有了一点畏惧退缩的感觉,不过微不足道。

- 7 -

一秤金,这是我的名字,我是用一秤黄金积德行善换来活了六年又六个月的孩子。那一年我已经会偷偷把姨娘的胭脂点在嘴唇上照镜子,我喜欢在通天河边一边哼歌一边跟自己玩。我从没想到和我一起唱歌的河流会抢劫走我的生命。鹅鹅鹅,曲项向天歌,柳絮像蹒跚学步的小鸭子后脑勺上的绒毛。我生于立春,死在处暑,同样寒冷的冬天和夏天。寒流在身边穿梭,摘着六瓣的雪花,占卜任何问题,都得到否定的答案。只听到一个人说:我不会让你死。这个人生可比海,命可齐天。可是他放弃了我的生命。我知道不是他一手造成,可是……就是对生离死别耿耿于怀,为什么要将我同他的世界生生撕开?——他没有实现他说过的话。妄称齐天大圣,他对全世界掷地有声言出必果,却背我的信弃我的义。朝三暮四其实是说,人生总归只有七颗果实,所谓幸与不幸,无非是朝三暮四和朝四暮三的区别,恩爱际会大抵如此。一秤金是我死之前的名字,现在它们都叫我:圣主公。

——"圣主公万岁!万岁!万万岁!"

群魔伏拜,白昼将尽,黑夜降临。

行者四人行进中。

"往前赶得到落脚的地方吗?天黑了。"沙道。

八戒笑嘻嘻地道:"再往前不是有波月洞么?去向妖精借宿吗?"

行者道:"不说今晚借不借宿,总归是要从那里过的。"

八戒道:"既然是总归要,那还有什么好说的?走吧。"

沙道:"不知道……能不能太平过去?"

八戒道:"那得看他们。"

黄衣男子道:"现在他们正在往这边来着。有何打算?"

一秤金道:"我怕难取孙行者性命。他们此来,必要进城,经此而过,岂能轻易放他们过去……"

黄衣男子道:"鹰愁涧及两侧峭壁形成天堑,涧水自西向东奔流,陡然一个拐弯朝南流去。要不要利用天险关隘固守,使他们不得过,而消耗气力物资,再伺机动手?"

一秤金道:"死拼不是办法。孙行者一定不会耐烦。他要攻起城来,我们也绝守不住。"

黄衣男子道:"放他们进城不怕引狼入室招来祸害?"

一秤金道:"我想他也求个平安过去。他原本也不过是个妖精。"

黄衣男子道:"瓮中捉鳖——在我们的城里也许能杀得了他。"话锋一转,"听说得到唐三藏就可以长生不老?"

一秤金道:"嗯。"

黄衣男子道:"那么就是囚三藏、誓杀孙行者?"

一秤金沉吟道:"先不要动,我……还没有想好。我们未必做得到,而且,太冒险了。"

黄衣男子道:"假如动起手来——"

一秤金道："也许还有得一拼。除三藏以外，他们三个人，我们也有三个人，我，你，百花羞，加上七百人手，不至于完全没有胜算。何况，是我们的地盘。"

斜靠在一旁地毯枕头上的麦色皮肤的女子伸了伸修长的腿，猫一样的眼睛转了一圈，打了个呵欠。

黄衣男子道："那么——机会只此一次，稍纵即逝。你还不快下决断？"

一秤金沉默了一下，道："放三藏及另外二人，拿下孙行者。"

黄衣男子看了一眼一秤金，她道："你认为不好么？"

黄衣男子垂手等了一下道："不是。"转身向外走，在门口停下，背对波月洞主道："你还是不想与他们为敌，是么？"

一秤金静静地道："我必须替那七百条命考虑。谁成精都不容易，五百年一千年的，我也不能让他们毁于一旦。"

她也停了停，又道："就先这样吧，等他们到来，开城门，放桥，迎客。没我的命令不可以动手。"

黄衣男子道："是。"

一秤金道："反正他们要走也得等明朝。还有一晚上。"

黄衣男子走了出去。

百花羞吩咐底下各方面人手，做好周密的部署。她的皮肤泛着一层麦子的金黄，眼神像麦芒一样尖锐。"时机到了。"她说，与先前慵懒的模样判若两人。她扫了眼自己大腿外侧的一小片铜钱形状斑痕，接着狠狠地盯了她说话的对象很长的一眼。她的腿结实而修长，随时准备踹碎人的心肝。头发束成两股，贴着俊俏的头颅披下来。她心狠手辣地笑了，白牙寒光一闪。就等这一刻。

夜幕笼罩，月华和星光在雪地上反射出惨淡的光，连同远处的山峰，像海面上露出的冰山。三藏一行进入峡谷，两侧绝壁，车不得方轨，骑不能并行。来到行者在高空处所见的银蓝色涧水前，隔着涧水就是那座城池，像上古时候漆黑沉默的巨兽，虎视眈眈按兵不动。城门紧锁，上悬"波月洞"三个大字，在暗夜里凄厉地突现出来，嗤嗤散着寒气。再一看，是用无数白骨堆砌而成，互相勾搭，发出无声的呜咽。涧水便成为了天然的护城河，比预计的更深陡宽阔，黑幽幽的，彻底澄清的水光时隐时现，水声訇訇。

八戒不由得深吸了一口气，拿眼睛斜着看行者。

沙也忍不住道："我们真的要进去么？"

三藏下马，走上前去，扬声道："我们是东土大唐往西天取经的，今到贵处，天色已晚，特来告借一宿，天明就行。"

行者觉得有点怕。

三藏话音一落，城上的吊桥悄无声息地放了下来，铺伸到他们面前。

城门洞开，也没有发出一点声响。

一个好听气派的男子声音悠悠道："哦，是唐三藏。"

成列排驾的鬼魅鱼贯出来，左右两边直排到吊桥中央，幢幡、帷幔漫天飞舞，三檐罗盖、五色旌旗如云，幻化的鬼魅多的是妖艳的女子、健硕的男子。女子蛮腰舒展、步动风流、妖娆俊俏，男子的身体和灵活的神情像豹和鹿一样迷人可爱，散发间缀珠翠玉箍，腰间系着金丝莲花百宝的带子，手腕脚踝嘟噜着大串玲珑璎珞。中间抬出一架宽阔华贵的步辇，孔雀羽毛做的掌扇遮着銮驾。一个男子坐在正中，身披黄地花蟒缠金袍，广袖飘迎，头上戴了乌纱浅浅抹额的冠帽。膝上偎着一个女子，正是一秤金，斜軃红绡，云鬟略纡，尘染蛾眉，秋波湛湛。

行者的怒火在胸口像未熄的余烬忽地通了风又烧了起来。他冷冷地看着她，她的嘴唇、她漠然的眼神、她的轻浮劲儿，显而易见这是个薄情寡义、不知廉耻的家伙，妖精就是妖精——自己怎么明知故犯地指望起她的薄情寡义来了，真是好笑，忘了，跟妖精谈什么情义。行者不知道自己为什么恼火的时候恼火，猜到了还是恼火：不就是个妖精么！

一秤金仿佛听见他的念头，撇嘴讥笑了一下：你以为你又是什么？跟着大师傅走大道，你倒学势利了吗？

黄袍怪轻描淡写地说道："有失远迎，还请见谅。这就请过来吧。"

三藏点点头，抬脚就往桥上走去，步子不快，但很稳定。行者等人便紧紧相随。只见那桥两边涧水深不可测，一只翅尖带一点赤朱的黑鸟飞过，在水里映见自己的形影，心惊坠落。吊桥像巨兽吐出的舌，时刻可能卷起吞噬他们的性命。行者等人也随时准备应付变故。桥很长，从这头走到桥心。

- 8 -

　　过家家给谁看呢——百花羞紧盯着局面。一秤金圣主公向来是赤金袍加身，通天冠束发，斜倚宝座，好像坐在混浊尘世的屋顶上。她的冷漠是雪封千年成冰，枯木万年成炭，一笑颠倒众生。她红袖罗裙下匍匐的是剽悍凶残的百兽之王，他还哪里有一点王的样子？人形都不变了，在她那里就做匹斑斓大虎，常效犬马，赴汤蹈火，在所不辞。这一刻高高在上，说到底还是她吊上去的傀儡。傀儡，百花羞想到便暗自笑了笑。三藏、行者等人随一秤金、黄袍怪过桥、入城，过了天枢穴、天璇穴。波月洞内主要七大洞穴相连，以北斗星命名。一秤金领袖群妖，谋略超凡。黄袍怪则为她冲锋陷阵，而又能独当一面。百花羞辅佐内政，运筹帷幄。另外还有鹿左辅、貂右弼、南北燃眉童子、蓝田青衣守护呼应，环环密接，部署森严。百花羞心里又把各部位一一想了一遍，可以了。三藏、行者已到天玑穴，坐下，寒暄。天玑，令星，主中祸。黄袍怪敬以素酒，三藏谢绝，八戒饮过，可是百花羞发现这个汉子喝之前细心地察过了酒里有没有下毒。他谈笑风生着，却从没有一刻掉以轻心。他一直在小心观察地形和黄袍怪等人的动向，在厅堂里他看似随便地走了一圈摸摸动动，已经试探了各个角落有否机关，然后他笑着提出：相聚难，良宵短，不如相伴至日出别过。

　　都知道他是想待在一处，面对面看着，好叫妖精难动手脚。

　　一面想，每个夜晚都是妖魅的狂欢，我们没道理拒绝；另一面想，这的确是个能确保安全的办法，何乐不为？鬼怀鬼胎，人有人想，各自心里迅速转了三百六十五个念头。——好，那就在一起，过这一夜。都知道只此一夜。

暗地惴惴不安。

良宵短，寒夜长，竟然要在一起面对。是与黑夜对峙，还是直面其他，那些百转千回交集的百感——

行者举轻若重，沉默寡言地须臾不离三藏身侧，生怕系着心头千钧重负的绳子终于绷断，坠下来击痛击溃他的意志。一夜之间，倘若妖魔还敢痴心妄想、作乱生事，他绝对会痛下杀手片甲不留。所以，绝对绝对不要惹我，安分一点吧，请了！但愿什么事也不要发生地过去。但愿什么事也不曾发生。那就好了，对谁都是一条明路吧，也是唯一的去路。

从此桥归桥路归路，妖魔神仙本该井水不犯河水，大家生存在世都不容易。一秤金知道他是怎么想的，粲然一笑。我知道，你去你的西天，我眷恋我的红尘，你升仙，我堕落，的确就好了。就看你怎么对我了，你都不敢看我么？一秤金靠着黄袍怪，笑盈盈饶有趣味地打量着行者。你都不敢看我么？你知道你欠我一条命么？不留你，你就这么走了？经过我这里还能就轻易地走了？心里的恚怒越来越盛起来。我知道一晚上不长，等一晚上，你们就走了，什么事都不会有。我都等了那么多那么多个寒冷的晚上，再多一天，我又有什么可计较的？可是，既然我等了那么多那么多那么多个寒冷一百倍的晚上，我，就这么毫不计较，看你举重若轻地走掉？怎么可以这样！尤其是你的态度，惹恼了我，我是明知不可为而为之的，我可是会什么都不顾的！你——可——不——能——怪——

我。脸上的笑容却越发艳丽妩媚。一切在你，可说不定在我。

三藏知道这是注定要通过的关隘。

黄袍怪想动手。怀抱着他的女皇，比他一千次幻想的还要美。假如能杀死行者，得到三藏的心，他们将永远有这么好的日子，西方极乐世界都不想去。为什么她迟迟不动手，她害怕么？他要让她看到他是她最凌厉的宝剑，她将永远不必再害怕。她还有什么顾虑，有什么不忍心不舍得犹豫难决的吗？他简直想动手了，夜长梦多，然机不可失，时不再来。再等一下，还一下，只一下。

沙一如既往地安静，心里也一样安静么？行者，一秤金喜欢你喜欢得要死，即使是让她为你再死一次，她也是愿意的，这你又知不知道呢？我也不知道她要怎么办，我也不知道你要怎么办，我要怎么办。

你们都不知道怎么办么？百花羞伸着长长的腿，端起酒樽浅浅地啜了一口血红血红的酒，眼睛从遮住眼睛的发丝当中看上来，猫一样转来转去地看人。好，好得很啊。

八戒且在把酒言欢："来来来，喝这一杯酒，同消万古愁。"

乐人吹弹着诡异的曲调，拍打着魅惑的皮鼓。妖魅幻化成男女，跳着人间没有的舞姿。佩环铃铛叮玲作响，但都不喧哗，像一群影子在西风吹冷的画屏上游走舞动，就像活人操纵皮剪出来的偶人在幕布上活动，为的也是慰藉亡灵。看得人不禁有些神伤。

天玑穴势低，在波月洞中心，但地层错开，使一半破开，露天，显得在腹谷中，四面山石高出。行者见到了曾见过一次的桃花，果真是桃花。他还当是自己一厢情愿，空中看不真切，是樱花,或梅花,或别的,但现在有几片桃花瓣飞了进来,要沾在鬓边、眉梢、嘴角……座下垫着的银白色蓝灰色的狐狸皮毛紧闭双眼,好像要哭泣了,拥着这些皮裘,还是感觉到有一点儿冷。

飘下来的花瓣颜色变浅了,颜色没有了,是雪花了呵,两片三片从天空中飘下来。

行者有点坐不住了。心变得快要软了,于是难再坐下去。

这时候一秤金不知是同样坐不下去,还是知道了他的心思。她飘出黄袍怪的怀抱,佯装打了个呵欠,笑道:"我实在困了,失陪了。"随着不曾发出的一声幽兰香气似的叹息从侧面一扇门走了出去。

她一走,行者的心迅速冰冷坚硬且沉了下去:想玩什么花样,就是自寻死路。

百花羞怪好玩地看着行者的鼻梁,直而挺地将光分成明的暗的两边,沿着他坚毅的额头、眉心一路划下来,划过人中,在唯一峻峭中略带柔和的下颌终于混淆成一片模糊的光晕。明亮一边的眼睑下方有一块游弋不定的阴影,或许是灯上有只扑火的蛾子。看她笑得眯起来的眼睛,简直觉得看他的脸是顶顶有趣的一件事。

- 9 -

心倦了,歌舞不休。

忽然行者看到暗夜里、对面遥远的山壁上,残雪映出一条小小的鲜红身影,飞快运动。行者一惊一怒,霍然起身。黄袍怪一惊一喜,她不再按捺了!他俩同时听到百花羞一声惊呼:"西北角玉衡穴!"她伸手去拉黄袍怪要走,一抓一个空,一面喊:"她恨孙行者,只要他死在所不惜!"

黄袍怪听到百花羞那声呼喊,突然想到:玉衡,杀星,主中央,助四旁,杀有罪。可是不信且来不及,身形已经发动去擒拿三藏。假如一秤金当真狠心牺牲他们所有人,他恨哪!杀意起,必杀孙行者!全由他而起,自己逃已不是当下考虑之事,但要杀行者,也必向三藏下手。孙行者牢不可破、坚不能摧,只有三藏是他的破绽空门!他一扬袖子,卷起酒盅朝行者砸去,同时猛扑向三藏。行者虽不明确,心知不好,想拦截一秤金,又要回护三藏,八戒会意,出天玑穴纵身上山崖。

百花羞飞快地从出口撤离,沙岂能放过,追了过去。一瞬间,行者感觉脚下气流翻涌无比剧烈,心知不好。黄袍怪身向三藏且置自身于不顾的杀招袭到,要救三藏便难以接下,即便接下又救得三藏,也离出口太远,难以两人都全身而退。行者叫道:"沙!"隔空推掌将三藏送向沙,先使他能够逃离。沙回头接住三藏,便连同三藏一起被一股浑厚的气流撞开。这一瞬间天玑穴完全燃烧起紫色的火焰,所有东西被烈火吞噬,岩石也被熔化。露天开放的一侧泻下滚烫的汁液,封堵住去路,紫色的死亡之花盛开。黄袍怪收招,回撤,身子一转找到出口,同时抓起一把燃烧的石子向后打出。就在这一瞬间,行者身形快得好像变成无数条如丝如缕的龙迎着石子撞去,却又一一避开。听见火焰烧着他的鬓发衣角裙边嗞嗞响着,他已突破火焰的重围。

波月洞设计精巧，烈火毫无扩张蔓延，别处还是清凉沁骨。沙一回头见黄袍怪由天玑穴逃出，烈火已经充满整个石室，不由得一愣，立即穷追百花羞，生怕带着三藏再遭什么暗算。百花羞边跑边叫道："看守玉衡穴的蓝田青衣本来就是她的人！"黄袍怪吼道："住口！"百花羞不肯罢休，更大声叫道："是我笨，蓝田青衣守的只是你我，她是圣主公嘛，哪里去不得！""住口！""你喊我住口！你凭什么叫我住口！你敢对她怎么样！"火光冲天之后陷入狭长的甬道，骤然变得幽暗，人人被猝不及防的变故撞击得脆弱。颠沛流离的心脏，脚步凌乱，大口大口地喘气，嗡嗡地回荡。沙在一片混在一起分辨不出的脚步声喘息声中，甚至难以分清自己是追还是逃。在灾难重重的逃亡路上，百花羞哈哈大笑起来。只是沙奋力奔跑中，听见身后一个心跳，自己的心也跟着突地一跳，便有一只手按在肩上，另一只手接过三藏。沙知道是大师兄，高兴得黑暗中泪光不为人知地闪了闪，一咬牙吞住了。行者贴着沙助其疾行，八戒脚尖点踏，几个起落，跃上山壁，山风凛冽。"一秤金！"

红衣人不理，继续飞纵。八戒提一口气又追，最后隔空一掌拍去，只听那人闷哼一声，八戒这才看清了她是被人吊在绳索上飞快牵扯着的。这一掌震断了绳索，她便坠了下去。八戒上前接住，只见这个女子勾画了脸，已受重创，口吐鲜血，气若游丝，她张开口，口中无舌，手心里一张纸条，"告诉圣主公蓝田不曾相负"，身上披的红袍被大风吹落。八戒低呼道："糟糕。"这时怀中女子全身爆炸开来。

- 10 -

甬道将尽，前方绽出一些光亮来。黄袍怪猛发现行者——传说中杀不死的石头妖怪，心里像被人打了一拳似的想猛攻又痉挛着没有力气，结果就略微迟疑地朝行者后脑勺劈出一掌。行者察觉，转身将三藏护在身后，扣住黄袍怪手腕要拧。黄袍怪变掌为爪，手腕一翻，反抓行者脉门。行者忙抬膝撞黄袍怪的手臂，黄袍怪不避，只听见"咔嚓"一声，右臂生生折断。断爪还是在行者额头到眼角抓出一道口子，双腿向行者腹部蹬去。行者发了狠滚翻，以身为掌为刀截断。黄袍怪朝着他腰间踢去，行者翻身，以手挡。黄袍怪连环踢出几腿，行者左挡、右挡，扣其脚踝。

那边沙为护三藏招架百花羞，百花羞不欲伤三藏，下手有余地可乘。

"咔嚓"，行者又废了黄袍怪一肢。

一人厉声怒斥："孙行者，你下手也忒狠点了吧！"

行者感到被人道破心声，并且是她。但另一个声音及时冷笑说："孙行者护送唐三藏上西天取经，十步斩一妖魔，杀而无赦，这算什么狠！"

那人不由得他想，一刃青光莹莹的大刀向行者与黄袍怪中间挑来，然后身形就挡到了黄袍怪前。正是一秤金，比三昧真火红一百倍。杀气像炽热的玄冰、凛冽的冲天火焰，恚怒得艳丽不可方物见血封喉。出手如云，运刀似雨，手舞，足蹈，叱歌，笑煞，杜鹃啼血的红刹那间黯然失色。一杆大刀轻胜风、沉破浪、利开天，声声惊魂，式式夺魄，招招追命。

行者抽出了金箍棒。你算计在先，下手在先，处处苦苦相逼——

其实我何尝苦苦相逼——方才，面对一汪清冽透彻的潭水，她看到一张遇雪尤纯、经霜更艳的脸孔。

过去了就好了。

人间风调雨顺，五谷丰登。

我等瞒天过海，昼夜靡靡。

该堕落的堕落，该升仙的升仙，该六道轮回的六道轮回，该万劫不复的万劫不复。

去西天的，自然也去他的西天。

眼不见，心也就净了。

一秤金眼看着水面，她自己笑笑说道：怨气冲天，八百里外都看见积雪呀。

过去过不去，只一晚上，一念之间。

安静得只有她自己笑笑。

静花，水月。

忽然看见水里倒映的月亮颤了颤摇晃起来，好像有滴眼泪掉下去激起的得寸进尺的波澜。——可是不是我，我眼睛干干的。

一秤金凝神注视着动荡的水面，月影像只受惊的兔子簌簌发抖，水要把它泼出去了。

一秤金倒抽一口冷气，动手了，中部天璇启动。他们不受她的控制。事情不受控制，她的脑袋嗡地就坏了，卡壳似的越来越密集嘈杂尖锐的声音响起：过不去了过不去了过不去过不去过不去去去去去去……

另一面她保持着一贯的清晰思路：玉衡有变，天璇有变，堵截唯一出路，堵截事态，堵截决口的江河……制止不了，就快刀斩乱麻，斩！斩！斩！

她操起她一丈二尺长的大刀——

不容她有个稍微的亮相，还说什么解释呢？——不是我干的，也不是我的主意，我没有干系，也是受害的，是他们擅做了主张——根本不要说这些，全都是废话。一想到还要向这个傲慢的原本就轻视她的人解释，她是会恼恨死的。他也不会听，听了也不会信，信了也不会放过他们，放过了还是要更加轻视她的！——她是个骄傲倔强的女子，手下人怎么样都是自己的事，外头不相干的人用不着管也管不着。黄袍怪就算违命动手，也是出于一片赤诚。他跟着她出生入死，她又怎么会在他受重创的时候先呵斥他责骂他给伤他的人看？现在不管怎么说，一不做二不休，只有先和外敌干上了。这一干上，怕是非得你死我活才能了结吧！看他的架势，不就是你死我活吗？好，那就只能看看谁死谁活吧！

一秤金的刀散发出青的、白的、紫的、蓝的气焰，密不透风，像七十二柄刀每柄各有七十二个影子。凤凰的翅膀擦过太阳和冰川，每一刹那行者都七十二次与死亡擦肩而过，死亡多情地流连在他鬓角、喉头和额，却刺不进他的心房。

行者的棒几乎看不见，但时时在他手里挡在心上。他浑身散发出青的、白的、紫的、蓝的气焰，空荡荡的比风细密，完全没有影子。

只是每一刹那挫折敌手七十二次，七十二击次次击中她的心房！

她的心缩成一团，拧绞出血。

——红！

——血光！

他全身的光芒忽然一敛，红光大绽，全身上下只有她的颜色，这红又浩大又凶煞，吞没青白紫蓝，包含金银万丈，冲——破——红色的妖精！破破破破破！

一秤金的瞳孔剧烈收缩，黑色深处朱红小雪纷纷落下，手和脚都冻成冰了，只有心缓缓地动着，安静极了。她忽然想到，自己这么拼命，是明知道难以杀他那么就死在他手里，死在他手里就认了吧。好像是把心横了，说："孙行者，你要是下得了手就把我性命取了去吧！本当吝惜的寿命啊，又忽然灰心了，就放弃，都不管了。当我上一次撒手人寰的时候，脸上带着来不及收回去的甜美笑容，何尝做出过一点挽救呢？你死我活，不如说：不是你死，就是我亡吧。雪连朝生暮死都谈不上，我不如雪，命轻薄如此呢。"可是缓过来的万分之一时刻，恐惧像电流一样跑遍她的全身，战栗之后打断她的七经八脉——

但是有个人心动了。这个人的心定得一万年的狂涛拍打也不会动毫厘。可是不得不动——你死我活才不能了结！孙悟空假如杀了她，他就完了，永远也没办法解脱。他会永永远远走在泥潭里，一直往下陷往下陷往下陷，他就这么完了，这才叫万劫不复！——假如需要一个生命来抵偿恩爱解救劫难，那么应该是我的了。因为懂得，所以慈悲。

三藏的眼睛里是整个宇宙，心念快，无旁骛，因此动作能够超过孙悟空。

他

挡

在

她

之

前。

行者的手探到一颗温暖和煦的心……

他的手指像春天河流上的冰块，知道错了，知道自己卑微，永远在这力量之下。而这力量……现在就要消逝在他手底下了……

……仿佛一切已成定局。

孤独的、羞愧的、悔恨的、愤怒的、迷惑的、埋怨的、疲倦的、悲伤的、麻木的、缥缈的、沉沦的、昏暗的、苍凉的、混浊的、茫然的、五雷轰顶的、心灰意冷的、灵魂出窍的、阴森的、坍塌的、斑驳的、旷寂的、荒芜的、凋零的、冰冻的、滚烫的、苍老的、消瘦的、梦的、醒的、饿的、渴的、疼的、病的——孙行者想跪下去，可是不敢想自己还会不会有再站起来的力气。身子剧烈地摇晃了几下，眼前乌黑，撞出波月洞，撞下山。没人拦他，他一路失魂落魄地飘啊飘，像只断线风筝，像片哪里都站不住的影子，飘过崇山峻岭，飘过汪洋云海，飘回到了花果山。

- 11 -

沙也晕晕的,急得冲一秤金喊:"追他回来!"

话一出口沙就明白了自己的处境。现在自己这边剩下的就是束手无策的一个人,对方还有两个人站着,一秤金虽也消耗得厉害,但自己是没办法对付她们两个人的,何况还有三藏。沙愣了愣,不知如何是好。

百花羞忽然道:"要起死回生呢——五庄观草还丹你听过吧?冷之前有用。"

沙一听就知道了,旧时在天上扶持銮舆赴蟠桃宴,见过这个宝贝,三千年一开花,三千年一结果,再三千年才得熟,短头一万年方得吃。万年只结得三十个果子,闻一闻就活三百六十岁,吃一个活四万七千年。

沙立即道:"我不能去。"

百花羞道:"那你可以留下来守着他冷掉。再说,我们也没说放你去。"

沙道:"你们要的是他吧?三藏的心,吞而食之,寿可齐天,说的是生吞活啖。我不去,你们可以去一个人,先救活他,我和另一个在这守着,我也讨不了便宜。他要是死了,我们谁都落空了。"

百花羞道:"我们哪儿都不去,就是你去。死的是你师父,我们是想要他,我们是妖精,那五行庄的老家伙是神仙,我们跟他井水不犯河水,也没得犯。你不肯去是因为你不放心把他一个人扔这儿，可我们不会让你带他一块儿上路。现在他死了，我们拿他也没用，大不了大家落空。我们那叫遗憾，没损失，你那叫什么？所以你跟我们也没什么好说的，你没选择。"

沙一咬牙，点头同意。

百花羞又道："你得利索些，能挨多久，就不知道了。"

一秤金已经把三藏搂在怀里，因为她是有办法控制温度的。她已经没力气说话了。

- 12 -

沙这才在心里埋怨起行者来，什么顶天立地的英雄，犯了什么事都在其次，一走了之算什么啊！但是自己又不愿意再多责怪他了，因为这次是确凿的。不像那些谁也不会当真的话，怎么样数落都可以，反而有种亲密的乐趣；而确凿的过错便让人缄口不语，只管自己把那些苦涩的味道吞咽下肚。想到八戒又不知所之，能否求到草还丹，赶回去来不来得及，是不是真的能起到效用，当真救活了三藏又怎么办？自己一个人力量真薄弱啊，能干什么呢？能对事情起到什么样的作用呢？当真是在救三藏，还是在做徒劳无功的事，还是在替妖精做事，也分不清楚，不可能知道。一个人真渺小啊，倘若所有事情都有定数，一个人的作为太可怜了。但自己，已经是费尽全力在这里面奔波了啊！心都凉了，只觉得孤苦伶仃，且还是要咬着牙狂奔不止。

云，或者是雾气已经上来了，还带着芝兰的清香。沙闯入这片云雾，就是到了万寿山。五庄观就在万寿山中，观里有一尊仙，叫镇元子。混沌初分、鸿蒙始判、天地未开之际产成的灵根草还丹就是其中的异宝了。

沙在门口就被清风、明月二童子拦了下来，讲明身份来意，对方只道："家师与四十六位师兄外出云游去了，恕不待客，施主请回吧。"

"人命关天，贻误了，后果如何不堪设想，你们怎么负担得起？"

"对不起，我们不知。施主请回。"

"镇元子去了哪里？什么时候能回来？"

"对不起，我们不知。"

"我师父是金蝉子转生，五百年前还曾亲手传茶与你们师父，算是故人；我大师兄齐天大圣孙悟空，天上诸仙见了都要让他三分……"

"对不起了。"

说完便关观门。

沙恼了，一禅杖横出去格住观门："你这两小儿，怎么这么不辨事理！"

清风吓了一跳，脸红扑扑地道："你这人才不讲理！忒也蛮横！"

明月破口骂道："你想干什么？"又道："齐天大圣是么？那他怎么不来？我们偏不给他这个脸面。"

沙已经够急的了，偏生明月火上浇油，怒喝道："他不来，便是我也能叫你们脸孔着地满面尘土！快闪开！"说着便往里冲。

清风抵不住门，被沙撞得一个踉跄，急得大喊："师父不在，我们做不得主啊！你快走！师父回来定饶不了你！"

明月追上，动手就打："师父不在，我两个先教训你这强盗，也决不客气了！"

沙一心硬闯，既然就你两个，就是强抢，又怎么样！观院不小，也不知那草还丹在何处，只管一路往里。清风、明月痴打蛮缠，死咬不放。沙一边与之过招，一边直过三道大殿，越五重道房，心中急切，奔走愈急，出招愈急，身形蹁跹。清风、明月一轻灵一勇猛，如蜂蝶上下翻飞夹击。沙气急，几次欲狠下杀手，委实觉得二童恶不至此，临时改招。二童久居深山洞府不知世故好歹，益发生龙活虎纠缠不休，沙都快气炸了。

再往后，一座红拂绿依的花园，打斗更为激烈。童子更尽力阻止沙，沙出手紧促，三五招间即夹杂着半式未完成或中途变化的招数。三人风卷残云般地掠过，柳条盈空，翠竹冲天，乔松泼靛，海棠飞红，三人转眼过去，泉流碎玉，地萼堆金。

再过一个菜园，清风、明月也拦不住沙，沙直撞进又一道门。

只见正中间一棵大树，真个青枝馥郁，绿叶阴森。直上去有千余尺高，根下有七八丈围，向南的枝上，露出一个果子，模样如三朝未满的小孩，四肢俱全，五官咸备，尾间上是个圪垯，在枝头手脚乱动点头晃脑，风过处似乎有声，想必是那草还丹无疑。沙仿佛真的因为这神木的荫泽而感到心里一清静，忍不住赞叹了一声。

那明月的拳头又打了过来。沙一闪身，顺势蹿上树去，用手中禅杖打落一个果子。谁知果子落地即无影无踪，清风着急地喊道："这果子与五行相畏，遇金而落、遇土而入，你你你这贼人糟蹋宝贝啊！"沙再挥杖去打，明月猛扑而上抓住了杖端："你快住手！"沙一拔没能拔动，叫道："你只让我取一个好救我师父，我这就走，之后必回来向尊师赔罪！"明月坚持不放，清风一腿踢来，沙奋力争抢禅杖。明月脱手，沙的禅杖一下子由于惯性全力抢了出去，直往树上乒乓一下，巨树晃动，如人簌簌寒战，然后缓缓向一边倾倒下去。沙一愣，纵过去抢救下一个草还丹护在胸襟内。二童子见神木轰然倒地，叶落枒开根出土，脚软哆嗦，心胆俱寒。清风流泪，明月眼红，猛扑过来抢向沙胸口，沙情急一杖当腰横扫，实实地正中明月。明月惨哼一声摔在地上，清风大惊，沙带着世上最后一颗草还丹匆忙奔走，赶回波月洞。

- 13 -

百花羞盯着一秤金背后，忽然吃吃地笑起来。
一秤金道："你笑什么？"
百花羞伸了个懒腰："没什么。"突然一爪扣住一秤金后心。
一秤金已经什么话都说不出来了。假使能说，她也无话可说。

镇元子率众小仙后脚回到万寿山五庄观门首，只见观门大开，木叶凌乱,心中不由得起疑。清风奔出,一见师父,倒头痛哭:"师父啊!那草还丹——被推倒断绝了啊!"

一秤金是被百花羞唤醒的。百花羞伏在她身旁,脸颊摩挲着她的脸,柔声轻唤:"圣主公,圣主公,圣主公。"

一秤金便从四肢疼痛五脏空洞中悠悠醒转,勉强微微一笑:"我还好。"

百花羞柔声道:"圣主公,你告诉我怎么用潭水里月亮的力量号令鬼魂好么?"

一秤金道:"好呀。"突然出手,发现自己的功力果然受制,动作一改,摸了摸百花羞的脸。

百花羞哈哈大笑起来。

一秤金笑眯眯地说:"你把我的功力也拿去,不是更好么?"

百花羞的声音更是妩媚万分,此时却说不出地令人毛骨悚然:"不用了,一开始走的路不同。你个死鬼,明明知道我是头豹子精,你练的那些,我用不了,还用你费心么?我早就想过了。"

一秤金笑道:"我对你那么好,你也不会对不起我的对不对?你会好好地养着我的,对不对?"

百花羞笑道:"对对对,你可真聪明。我越来越喜欢你了,还真舍不得杀你呢。"

百花羞又道:"对了,三藏也交给你了,你那个温度,还能用吧?"

一秤金暗自运了运功,笑道:"嗯,还能的。"

百花羞笑道："那就好了，你保着他，可别让他也变成死鬼呀！你知道我顶顶讨厌死鬼的了。对了，说实在的，你可真厉害呢，那个我也封不住。"

一秤金笑道："是么？"

两个人亲昵得跟拉家常似的。但倘若目光可以杀死人，百花羞早已经死一万遍了。

镇元子道："追那厮回来。"

百花羞对黄袍怪说话的时候，却没什么笑容，悠悠地，心不在焉似的："一开始走的路就不同嘛，这座山，本来就是我们的嘛，对不对？我们那会儿一块散步的时候呀，我就想，嗯，真不错，这是我的山，谁要是想抢走，都是做梦、说笑话、不可能的呢。你还跟我赛跑来着。哦，我差点儿忘了，你现在是跑不过我了，你断了两条腿呢，以后就只能趴着了。现在这座山又是我们的了，可你没法跑上山顶了吧？你说这怪谁呢？怪我么？啧啧，这你可不能怪我。你看，一开始错的就是你，山是我们两个人的，凭什么你做主拱手交给了别人？你做的是谁的主呀？我要你替我做主的时候，你替我做过主么？就那一次，就把我给卖了，把整座山呀，山上的野兽呀，都给卖了。我还以为换了什么宝贝呢，原来连人形也不要了，好温顺乖巧的一只大猫呀。她每天喂你吃什么来着？嗯？这个味道，可香甜吧，高山泉水呀，野味儿呀，可都比不上呢！你看你，现在这个样子，可真叫人看着小心肝都疼了。哎哟哟，圣主公也那个疼啊,眉头都拧一块儿了。不过,我怎么觉得她不是在替你心疼啊?看我不会说话的,她不心疼你,难道还心疼那个孙行者不成?对她那样,早先就有恩怨在,她又怎么会心疼他呢。还有那个八戒,我也擒住了,我不喜欢你们说得上话,都分开着呢,反正这洞也大得很。波月洞,波,月,洞……你还想得起落日景色么?什么时候去看看吧。"

镇元子在空中截住了一路奔走不曾歇得一口气的沙:"站住!毁了我树的是你吧!"

沙头也不回:"不是!"

镇元子冷笑道:"还不招认!"

沙生怕再有耽搁,只顾猛赶,道:"不是!"

镇元子一拂尘向沙脑后扫来,沙转身大叫道:"刻不容缓,情非得已,你那两个徒儿太不讲理,难道你也不懂事,现在要阻拦我吗?"

镇元子道:"你这小辈心恶舌滑口毒,当处置!"

那沙禅杖乱打,镇元子把拂尘左遮右挡,奈了沙两三回合,在云端里把袍袖一展,刷地前来,将沙一袖子笼住。沙在袖中逃脱不得,大叫道:"树的命难道胜过人命吗?你个混账老东西!"

镇元子转祥云,径落五庄观坐下,叫徒弟拿绳来,众小仙伺候。他从袖里撮拿出沙,缚在正殿楹柱上,取出一条龙皮做的七星鞭,着水浸在那里。

镇元子道:"万物有生死,都是天数,你同样是要偿的。"

小仙问:"打多少?"

镇元子道:"照依果数,打三十鞭。"

那小仙抡鞭就打,一下一下地,打了三十,天早向午了。

镇元子又道:"伤明月,再打三十。"

直打到天色已晚。

镇元子又道:"抵赖,再三十。"

这一来直打到午夜。

镇元子又道:"犯上,再三十。"

破晓。

朝霞灿烂,如血浸染万寿山。

"圣主公圣主公,你告诉我波月洞剩下的那些机关在哪里怎么运用好么?我走在路上提心吊胆呢,万一我遭了什么不测,连累你永远困在这里生不如死多不好呀。"

"圣主公,你告诉我,这山上还有谁是不服气我的,一心想替你报仇的,我晚上睡不着觉呀。"

"圣主公,山上还有宝藏对么?我知道圣主公宅心仁厚,一定不舍得那多亡灵死了还要做劳役,就为了去苦苦找寻它们吧?"

"圣主公……"

"你口渴么?"百花羞依偎在一秤金身畔,从一只酒杯里含了一口水喂进一秤金口中,"你要是口渴,或者还想要什么,一定要对我说呀。再不说,我怕会来不及。"

一秤金知道,很快就有那么一天,百花羞不再有任何忌惮。就是不知道，沙是否能把草还丹带回来？到那时候，一秤金就没有任何用处可以死了。

沙气如游丝、命若琴弦的最后一瞬，想了一下行者的名字，气血翻涌，五脏六腑都碎了，最后一口气被堵上，七窍流血，应该是死了。

- 14 -

行者无端打了个寒战。

站在苍凉花果山上，看茫茫大海，远处浩渺的水是蓝灰色的，直和天上灰白的云混成一片。浪卷卷进湾环翻了白，一层一层，永远没个休止、厌倦的一天。高处刮着秋风，底下一两点红绿是夏天的果，残落落地挂着，从毁坏的枝条上探生出来——看到原来是个俱往矣的花果山后，即便后悔也回不去了，只有强作欢颜，假装不知道身是客。其实根在这山上，是这山里根深蒂固生长的东西。只看到有个比这山的情状还颓败的人痴迷迷上了山顶，站在那里看海。新开的小花想问他是不是客人，因为弱小胆怯和懒惰，收了声。

在这岛上和这些红绿果子一样活着的人，倒是受到很不小的振奋，苦苦等着他回来从头来过的。有年辈小不曾见过他，或信或疑、心意懒散的，这会儿都精神了，与凶蛮的盗贼斗争起来，抢了马和弓箭枪刀，操演武艺，做了一面杂彩花旗，上面写着"重修花果山，复整水帘洞，齐天大圣"十四字，竖起杆子，将旗挂于洞外，逐日招魔聚兽，积草屯粮。行者也去向龙王借了些甘霖仙水，把山洗青了，他们便前栽榆柳，后种松楠，桃李枣梅什么的也都要有，高高兴兴动起手来。

行者有时高兴，就说说笑笑，有时发愣，众人也兴致不减。

已经五百年了，那场大火。

现在正在回那以前去呢。

突然好像听见有人叫他。一回头，身后没有一个人。又看见那了无边际的海。

沙觉得自己从死里面爬起一点来。自己的死亡像一张皮囊，自己先是动了一根手指，就有种皮肤被活剥下来的感觉，但疼痛不如想象的那么剧烈，接着手和膝盖撑着弓起身子，从一样沉甸甸的东西上把自己扯下来。那东西摊在地上，像片影子，有自己的形状。沙趴着，又惊诧又疲惫地看了一下这东西。

感觉逐渐回来，回忆起被鞭挞。

那人说道："都偿清了，你可以走了。"

沙一摸，草还丹还在自己怀里。不能再想到底是怎么回事，从地上站起来就跑，身子轻得好像风烟。

- 15 -

八戒记得发生了一次爆炸，猛然把他月黑风高里的脸洗刷得花白一片，他有个念头闪过：好像那就是他往后所有日子白昼的光亮加在一起。那一瞬估计不出一共是多长时间，脑袋也花白一片。笔直往下坠，一瞬间坠了万丈，仍仿佛到不了底。然后就到了现在。一开始以为自己盲了。摸鼻子还在，脸还是脸，下颌胡茬带来些实在的触觉。眼睛逐渐能看到幽暗的环境，封闭的，透气良好，找不到门。于是证实是被囚禁了。其他人的情况一无所知，事情一定不妙。八戒仔细寻找，没有发现出去的可能，但其实是并不完全受制的。也就是说，虽然顶上密封，却有可以跳下去的地方。自己所在的位置，是在一块岩石上，有延伸出去的尖角，走过去可以看到很深的底下两侧景象，都是火光，正是这光很远地透上来，使他在石室中能看到东西。但这两边都不能跳。

一边好像是液体。八戒观察了很久，像一锅汤，表面是平缓的，可趁人一疏忽的时候就打咕嘟。冒着泡泡，似乎有妖魔在里面，一丛一丛暗红色的火焰冒出来，有妖精在一旁嘴唇翕动，一半身子嵌在石壁里，石壁肉红色，有时头颅、胳膊腿和尾巴破石而出，又转眼被吞噬；很长一段时间汤的外观完全变化了，变成一个镜子般的湖泊，倒映出雪后晴朗的山野、红叶和杜鹃花，最大面积的是早春时那样异常璀璨的天空。八戒直觉那是覆盖着大地的巨斧的冰凉刃光，不知道什么时候就迅速下落，而一切都不过是海市蜃楼，猜想酷刑亦然。

另一边是个乐园。俯瞰到成群的年轻貌美的妖魔在其中嬉戏作乐合欢，奇怪的是并不令人感觉羞耻，而是合乎自然，纯朴的生命力扑面而来，带着蜂蜜的金黄色泽和质地的时代好像就此秘密停留。八戒看到鲜花盛开，有流泪有争吵有格斗，鲜血迸了出来，有妖魔死掉，其他的泰然处之，接着开出更恣意喷薄的花朵。八戒冷汗涔涔。

只觉得口渴，石乳上有水。听到靡靡之音传来，可都是想象，其实什么声音也传不上来。身上都是伤口，外壳疼痛密布。他就这么静静待着，只有相信总有一个时刻会澄明，所有谜底昭然若揭，听见心里有个声音说"就是这样了"，便义无反顾地去做。在此之前还是等着，着急无用，妄动不得。想到纵身往一边跳下的时候，回忆起那次下坠的体验。

两边都还有妖魔在往他这里攀爬。八戒很有点担心它们会爬到他落脚的地方来。

可是又想到，我这处绝境，有什么值得它们努力过来的呢？心里一亮。

一亮的时间太短，暂时还没有用。

忽然整个石室开始上升。八戒来到石块边缘，看到这是真的。他看见另一个披斗篷的人踩在一块岩石上下降。他们相遇，那人跳下岩石走过来，岩石失去他的重量，石室停止了上升。八戒看到那人腿脚跛得厉害。

夜晚的时候行者来到海边，天上没有月光，只有一张完整的星图，浪潜伏在很深的蓝色里从远处涌过来。一小点白色的浪尖亮出来，向两边延长，很快就和旁边的浪接成一道白色的线，冲上海滩。海水很寒。行者看了很多时候。

海正涨潮。水迅速在变高。行者还不打算离去。

海水里漂浮着发光的东西，火花般噼啪闪烁着，刷上沙滩，又被带走。

可能什么地方有迷航的船只，那上面有人心慌慌的，天上连月亮也没有。

平静的行者突然打起了寒战，止也止不住，海浪拍上他的胸膛，他的心又开始剧烈地跳，浪涛的声音也没能掩盖。他又听见了那个声音，还有自己的牙齿格格作响。他心里一寒，转身就往回走。走到沙滩上忽然好像听见有人叫他，回头看去，看见不远处海里有件什么事物。

行者仔细去看，那是个人。

风把他吹得难以站立，那个人叫："行者！孙悟空！行者！"扑爬着到了沙滩上，朝这边跑过来。

行者已经看清这个人是谁，一股海的苦涩从胃里翻腾起来到了口中，他弯下腰，呕吐起来，一面背朝海要走。

那人追上来抓住行者的胳膊，立刻就察觉到了他不想被察觉的剧烈颤抖。行者要挣脱开去，那人用力扳着他的肩膀。行者犟开，那人一把抱住他的腰，两个人摔在海滩上，一口沙子。行者一拳打在那人肚子上，那人也不顾，只是也一拳把行者打得摔了出去。

行者跪在海滩上，急促地喘气。

那人躺在了沙滩上,四肢摊开,对着笼罩整片土地的星空,忽然道:"其实我也很想留下来呀。"

行者发着抖看向他。

"可是,"那人道,"我记得当初是为什么不能够留下来。"

"我不说你也清楚的。"那人道。

那人猛地坐起来道:"师父救活了,但是情况危在旦夕。波月洞内讧,百花羞独掌生杀大权,师父在她手上,一秤金受囚,我中计被俘,黄袍怪助我逃脱,要我请你救一秤金一命。"

行者还在发着抖。

直到目光渐渐冷却镇定下来。

- 16 -

"我不走。"行者道。

"花果山等了我五百年,"行者道,"我还是说来就来说走就走?"

八戒恼了:"你到底在想些什么啊!"

行者的念头:

一、把花果山当成什么?花果山是什么?这个世界上有那么多的海,无数海滩,每片海滩上都有无数小小的洞穴。一只寄居在螺壳里的蟹静静地伏着,胸口贴着海滩听见无与伦比强大的海浪的声音，整个世界都是这个声音，但它心脏的搏动与之相比，哪一个更清晰更强大地摄住它自己呢？螺壳里那一湾浅水，同样映照着天上的月亮，那里，也就是一个水帘洞，一座花果山吧？此时此刻，每时每刻，这个世界上月亮下、太阳下，潮涨、潮落，都有无数的花果山在那里。自己对于自己的花果山是独一无二，对于世界，则不是的。

二、为什么非此不可？既然如此，为什么非我不可，我又为什么非如此去做不可呢？是不是三藏、八戒、沙、一秤金以及其他所有人都能够肯定：就是他。那是怎么肯定的？是不是心里，又一个自己的感觉在当时说"是了，就是他了"？自己又有过几次是能够这样肯定的？是当时还是永远？那个"自己的感觉"又是谁呢？就是本人的话，那么和本人又有什么区别？假如不是，那么他们还是会对着别人说一套一样的话。假如我死了，谁在我的位置上代替我，使所有人不会有所察觉？假如我还有一天就死了，为什么我就不能待在花果山度过这一天的时间而要去做别的事呢？又为什么，我明天死就是不可能的呢？为什么你明天死就是不可能的呢？人们总是不相信。

三、花果山是什么？花果山是我的家，我的故乡，我的栖身之所，我的春华秋实月影婆娑，我的根蒂、命脉、肌理和长眠之地，但愿有始而有终。我曾经被包容在花果山里，现在花果山好像是我的内脏，金色的山峰像心一样跳动，像肝一样使我与一些因素隔离，像胃一样绵延地吞噬我而不可得。花果山被我包容，反过来又在翘首期盼脱离我霞举飞升。然而，即便是自己与花果山，也未必是互为独一无二的。

四、事情到了什么地步？三藏和花果山，哪一个更危急，谁更需要我？这一刻我难以感受到被需要。事情是不是已经到了无法挽回的局面？三藏和花果山，哪一个更危急，我更需要谁？我，好像听到事情已经完了，真的，既然已经完了，那么谁都没办法。

八戒不耐烦道："你想干什么啊？！"

八戒的念头：

一、蜜蜂和黄夏菊。花果山，的确是很美的啊。还是上一次在花果山上的时候，一个下午，喝过一点果子酒，看到一只蜜蜂造访小朵黄夏菊的情形。一只扇着金翅膀从洒满阳光的天空飞过来的蜜蜂，从许多的夏菊中选了一朵，在它的前面踌躇了许久许久。我的眼睛变成蜜蜂的话，看见展开的没有伤痕的黄菊花瓣，简直像洒满下午金色阳光的花果山顶，像花果山那样完整，可没有变形。我是飞翔的、流动的、茂盛的生命，我看见蜜蜂投进花朵中沉湎酩酊，迎进蜜蜂的夏菊花抖动着身子，本身好像变成了穿着金黄铠甲的蜜蜂，马上就要脱离花茎腾空而飞。

二、高老庄的兰姑娘曾经说的。她讲到过她死去七年的娘亲，人一离开人间，走的速度就很快了，不用骑马坐车，一走就走到七年这么远的地方去了，并且还在飞快地走下去。现在忽然想起来，不知道她为什么那样说给我听。我这些年的确在人间走着，可是比起兰姑娘那样生命的人，究竟是怎样地走着呢？

天上的云一层一层翻滚，转眼就把星空掩盖了，掉下几颗雨，打在八戒脸上。他好像也听到事情已经完了的讯息，竟将迫不及待要发的火搁了一搁，问道："我说，你见过幽冥界吧？凡人死后，是不是去了那里？还是走着么？"

行者一愣道："不记得了。"

八戒又问道："不曾见还是不记得了？师父若死了，会去哪里？"

行者愕然道："不知。"

八戒又道："我们这样的，倘有一死，会去哪里？"

行者黯然道："会在这里吧。"

八戒道："我倒是听人说，人死本当升天，可是总碰到云，一碰到云就变成雨掉下来，滋养生息，灌溉田地，哺育生者。"又笑道，"我岳父对我说的，不知道作不作得数呢。"

但他与行者确实闻到了空中隐隐有沙的气息。

- 17 -

孙悟空回来了！——四面八方的声音在波月洞的石壁上回响，折来撞去，嗡嗡一片。孙悟空孙悟空孙悟空——回——回——来——来——孙悟空回来——孙悟空从四面八方回来了——回来——回来……

"住口！"百花羞喝止道。手提的缸中的酒还是震荡不止，几泓暗金色的波光在她脸上晃了晃。她侧脸看一旁千丈深洞下，声音冽冽的，说道："听见了吗？孙悟空回来了。你愿意踩那机关自己沉下去换别人上来，那人也没有辜负你呢。你想必也心安了。"说完失神似的手里的酒缸就打翻落下,锋利的指甲在岩石上用力一蹭,刮下一小块带火花的石子,抛下洞中去。轻轻"呀"了一声,站起走开。只听洞底下传来一阵凄厉的虎的怒吼,一会儿便衰竭无声。

"呆子,竟然还回来做什么?"她自言自语道。过了那么久了,她早已大局在握,纵使孙悟空来了也无济于事,可不知为何声音竟轻颤起来。他回来是要人吧,人在我手里,不知道他要哪一个?百花羞妩然一笑,我倒要看看,他要得了哪一个,也叫一秤金看看。

行者与八戒来到波月洞前,看见百花羞坐在正中间又高又远的山峰上,麦金色脸庞闪烁了一下,看不清是不是笑了一下。这天的太阳非常好,带雪的山顶熠熠生辉,晴空剔透。

百花羞远远地将声音送过来,语句清晰地来到二人面前,她说道:"二位,我们做个游戏好不好?"

行者笑笑,道:"我们没有时间。"

百花羞道:"说得对。你们现在过桥,往下一直走,直到一个岔道口,那里刚刚能看见两个深阔的洞,洞内底部都是半悬空的石台,左面是唐三藏,右边是一秤金。我呢,就待在这里,不知道你们还记不记得,我这个位置就在玉衡,能启动机关,那两座石台沉没、毒液灌上来的时间应该刚刚好够你们赶到。我绝不敢低估大圣与天蓬元帅的速度的。你们也可以冲过来先制住我,不过那样的话就赶不及救人了。不知道我的命是用谁的来换呢?

如果你们分两边救人，那是我最高兴的，因为我一定会到你们现在的那个位置，在波月洞口，我知道怎么把洞堵死、灌满熔岩。通道曲折，小心不要走太多弯路耽误了时间。不会有妖魔阻拦你们，因为它们现在都要来保护我，怎么也能阻挡上一阵。"说着，只看到无数的妖魔从百花羞与二人之间升了上来，仿佛洒满金粉的云雾。

"你说真话，我说的也是真话，骗人一直都不如说真话刺激的。我都说完了，机关也启动了，你们没多少时间。"说罢，吊桥轰然落下，两扇城门倒塌。

行者与八戒同时冲了过去，八戒道："你救人！"脚一跺，拔地而起，直攻向那片金色云雾上方，云雾立即漫上来，包围了他的腿脚。

——假如你是孙行者，你来得及想吗？

八戒努力拔高不陷入群魔当中，直接冲向百花羞，脚踩一个又一个美丽结实的肩膀和头在空中连迈步子前奔。那些妖精往下落，又撞落其他的，一并簌簌落下，一面就有另外的浮上来，云蒸霞蔚似的漫过他的脚踝、膝盖、腰间到胸口。八戒知道那妖精的手攀住了他的腿肚子，它们的肢体强健充满弹性，抓住他的胳膊的另一只手像远古时候人间都赞叹不已的年轻母亲，抬头又见美少年，如同射日英雄的炯炯眼神与美好体格，拉着一张大弓，箭头正对八戒眉心。八戒甩开妖精，钉耙将张弓者打飞，又见一箭射至喉间。便是这样澎湃绚烂，云浪一般地与之战斗，好像生死已然置之度外。八戒不能停一分一刻，他怕自己迷惑手软，而代价就是更多的命——

它们不战怕也是死的结果！八戒只有在一片混乱的战团中飞快地了结、挣脱、清除，风卷残云，像是泅海的人，但怀着务必战胜海的决心。这时游来一尾妖娆残暴的鲨鱼，百花羞的身体划破水波，又和水波浑然一体地袭击而来，亮出寒光一闪的爪。八戒惊觉，一回身，左肩衣服被撕破一片。八戒追过去要拿住，波浪又合上。金色妖精的掩护和攻击又密不透风地扑过来，八戒将它们震开，要看死百花羞，不能让她抢到出口。

八戒在打也打不完的战斗中居然走神了，不过不影响他的出手和反应。

——行者在干什么？

——他会怎么做？

八戒不可能知道。

没有人知道行者在那一刻做出了什么样的选择。

一秤金最后看他一眼时便觉得：在那时候，遇见这个人，即便是现在想起来，仍然是再好不过的事了。温度是她的第三项坐标，她确信那可以烧毁整个波月洞。时间在温度急剧上升中迅速压缩，她的命也紧凑成钻石般的一点。水都跑出来，她的肌体逐渐化为雪白的雾气蒸腾上升，黑发上缀满一丛一丛鲜艳的火。突然她鲜红的衣裳飞出来，惊鸿一瞥的一个皎洁胴体，变成水气弥漫，而三昧真火烧得岩石都潜然熔化。火比任何一次席卷都猖獗汹涌。

八戒突然发现周围雷电之间化为火海，妖精的翅膀上沾满火焰，火焰里充满歌唱。他看到被燃烧的岩石击中的百花羞往下掉去，这时候他努力伸出了手去抓住她，她亦伸手给他，还是没能够到。八戒一回头,看见行者背着三藏凤凰一样撞出,一袭透霓虹、攒星斗、霞光灼灼的红衣也随之飞来,披在三藏后背上,隔开了火。八戒也疾退。

- 18 -

沙记得的,全然是另一回事。自己分明已经死了,当中过去大概有百年,三藏也死了。行者回了花果山,又当了百年齐天大圣,把个花果山恢复得愈加山明水绿蓬蓬勃勃了。八戒则又在世上混迹,直到各自重新回到这个世界,又一路寻回这一处波月洞。记得当初是在这里失散的,倘若要回来,应该是到这里找吧。远远地,看到积雪的山峰烧着了,浓烟滚滚,看不见的火焰舔着天空,只有望及苍穹歪歪扭扭地摇晃着才恍然晓得的。

行者扶着三藏同八戒坐在地上,看着山岭大火不止。行者道:"沙呢?"

只见沙从一侧跑过来:"你们都在!"

三藏身披一袭大红袈裟,如月沁白,与日争红。

沙咧嘴大哭起来。

西
天

The Pilgrimage
to
the West

chapter 05　第五章

三　雷音

- 1 -

有一天他们开始对周围的景物有种感觉,可是不好说。

一路以来他们看见无数悲惨景象:有的地方连年战乱,炊烟断了,狼烟弥漫四野;有的地方大地一片龟裂,最宽处伸得进人的腿;有的地方一丁点为生存努力的痕迹都消失了,房屋上涂画着最艳俗的色彩。他们站在山一样的垃圾上,空中到处飘舞着白色的黑色的布条,时间已经不重要,人倒下去,就也变成垃圾,没有人在意,叫人忽然猜想:也许天堂是这样的。

这里大路朝天,泛着微微的金色的光,两旁是田野,再远些群山巍峨连绵。三藏一行四人都不由得闭紧嘴唇,想这里头究竟是什么缘故。没有不对劲的,所有东西都很正常,要说有的话,就是这一点不对。麦芒灿烂,山野恢宏,花香恬淡,清风透彻,流水灵活,飞鸟自在,游鱼舒畅——叫他们走在这条路上,费力地去想这到底是什么境况,就好像有个东西明明在脑子里却跳不出,有个字眼在嘴边却说不来。觉得应该是能想得起来的,便仔细想着。马蹄嘚嘚,尤其安宁。

雨就在这个时候落了下来。

他们在阴雨绵绵的早晨过了吊桥,走入铜台府。沙的目光正若有所思地在街两边的店铺和人家木板门面上飘过去,屋檐上的雨水滴下来,出现了无数微小的炸裂,雨水滴滴答答地打在青石子路和屋顶的瓦片上。沙好像在听这个声音。过了一处牌坊,南北街,坐西向南地有个虚座门楼,一根纤细的竹竿挑出一面幌子,在细雨里微微有点飘动。幌子是深入浅出的红颜色,上面写着笔迹谨慎谦恭的三个字"回春堂",是个在哪里都会有开药铺的用的普通名号。

药铺掌柜的是个有些拘谨的老实人,在给一个后生抓药,然后嘱咐小伙子怎样煎焙,带药回去路上走好。后生答应着走了,掌柜的抬头看见药铺的门外出现了这四个人,披着一身蒙蒙细雨星子。那走最前头的挺拔消瘦的男子好像有要进来的意思。

正看着,他已走了进来。

"掌柜,生意好。"

掌柜的不擅长和陌生人打交道,开药铺做买卖,照性格里的拘束和严谨做的生意。显然眼前的男子远道而来,不知道是不是善类,有什么目的。在这样的情况下掌柜的更加局促:"唔,好。"

他向行者身后望了望,外面还有三个人等着,两个站着,一人在马上。他看出去的时候马上的人和另一个也朝里看,不过并不着急,好像在等行者打听回去说话。还有一个仰着头,大概是在看铺子的幌子和招牌。这招牌几十年了,不会有什么不妥吧?他有点紧张,等着行者开口。

行者道:"我们是东土大唐来的,去西天取经,路过这里。想打听一下这里附近往几个方向去的路上的情况,再买一些药材——赶路的人总免不了有些伤病,好用。"

掌柜的道:"你们是取经的?"

行者道:"是。"

掌柜的道:"那可好,这里是铜台府,再往西,出铜台府就是灵山,山上就是雷音。"

行者又惊又喜,谢了掌柜的。出药铺,三人只见前方远远地有一座山,深黛色的山峰凌空镇坐在云雾上。

- 2 -

沙想起来的事是从前有一个地方也叫铜台府。地名重复也是正常的事,沙坚持相信那里是叫铜台府,为了区别,他们现在穿过的地方叫做西铜台府,沙记得的那一处叫东铜台府。

多年以后,沙仍然记得那个年轻男子是在一个阴雨绵绵的早晨过了吊桥走入东铜台府的。他的目光若有所思地飘过街两边的店铺和人家的木板门面,屋檐上的雨水滴下来,出现了无数微小的炸裂,雨水打在青石子路和屋顶的瓦片上。过了一处牌坊,南北街,坐西向南地有个虚座门楼，一根纤细的竹竿挑出一面幌子，在细雨里微微有点飘动，幌子是深入浅出的红颜色，上面写着三个字"回春堂"。年轻男子听到一阵银铃般的没心没肺的笑声，他从来没听到过那么好听那么发自肺腑的笑声，像银子一样纯净、清冽、波光粼粼。还有真的许多枚银币互相碰撞的声音。

老爷因为心爱少爷的笑声，每次她笑就抓一把银币给她。大家都知道回春堂是个当铺，铺子的老爷赚了很多的钱。做当铺生意的，就是不同时间、不同物品、不同人、钱，周转这四样东西，聪明人就能赚钱，两头获利。老爷知道这里头的诀窍，利用好时机，能使每一件事物充分派到用场，使枯木逢春，每一个钱都来得合乎天理伦常。他不单聪明，而且也不老。有钱的生活让他外貌挺括漂亮，穿一件山蓝色衣服，蓄着两撇修饰过的胡子。柜台上坐着他还没长大的女儿，天青色的上衣和孔雀蓝的下裳，衣服是男孩子式样，颜色格外美些，料子和织工也特别地好，雪白的衬衣和袜子，一只鞋掉下来，还有一只用脚尖勾着晃晃悠悠地玩耍，头发已经像个成年男子那样往后面梳拢了，拿一个简单的金环在脑后方箍住，露出皎洁的额头和脖子。虽然是个孩子，动作神情大方坦荡无拘无束，但一眼还是能看出这是个女孩子，而且美丽动人。这就是他们叫少爷的。少爷坐在高高的柜台上哈哈大笑，笑的时候看见当铺门外出现了那个年轻男子。

"掌柜，生意好。"他走进回春堂来是这样说的。他的吐字发音很标准，可是还有点生硬。

老爷正高兴着，点点头，问来者有什么贵干。

那人道:"我从很远的地方来,找些东西或人,还要走,没有钱了,听说这里能弄到,是不是这样的?"说话中间有几个不易察觉的格愣,好像是一个还不擅长说话的人。

老爷觉得很好,好机会来了。书上说巧言令色者鲜矣仁,并且从远处来的人,常常有奇货,盘缠吃紧。他就问:"大致是这样,要拿东西来抵押的。你有什么东西要当?"

那人从怀中掏出一件东西来,金光闪闪的金属片连接起来,做成个镯子似的,中间连着一个小的扁圆盘。他道:"这个。"

老爷道:"这是什么?"转眼看到少爷乌溜溜的眼珠子好奇地看。那人摇头道:"不知道。但是,"说着面露赧色,"我需要钱,希望是能值些钱的。"

老爷猜到女儿喜欢,她一眼看上的东西,就是一心想要的,也不会显出非要不可来。少爷很少看上东西,不过她对东西好,温和,不骄傲。老爷想买下来,但开的是当铺,和市场总有不同,加上仔细起见,就问:"你从哪里来?这东西你哪里得来的?"

那人道:"我从……很远的地方,海中的一座山,"那人忽然对盘问有些厌烦,"我拾来的,或是谁给的,不记得了,反正是很远。"

老爷估摸这东西来路不正,这人应该也漂泊不定,大致是盘查不出根源来的。就问:"十两银子,期限三个月,行不行?"

那人提笔画了押,忽地又不解,问道:"这期限,是什么?"

老爷道:"这东西先抵押在这儿,三个月里你要是有了钱,可以把它赎回去,超过了这个期限,这东西就任我处置了。"

少爷插嘴道："这世上的东西，总有人想不要了又舍不得，以为自己还会有一天要取回去，其实这件东西离开他，就已经割舍了干系，再不会想起来取回去。这个期限就是约定了你忘记这样东西需要的时间。"她嘻嘻一笑，"这时间总是定得长了些。"

那人听了，不知怎么地一蒙："那可不就是丢了？"

少爷笑嘻嘻道："就是了。"

那人又问："丢了怎么办？"

少爷道："丢就丢了呗。"

那人道："丢了会怎么样？"

少爷道："一样丢了总会得到另一样，东西丢了就得到别的东西。"

那人道："命丢了呢？"

少爷道："就得到死啊——死也是一种得到哪。"

那人顿时明白，转身就走，少爷喊他："喂！"他回头来看，少爷随手抓一把银币抛给他："你的银子别忘了拿，数数。"

那人数了数，一两一枚，正好十枚。

- 3 -

多年以后，少爷成为回春堂的老板，手腕上仍一直扣着那只典当后三个月抵押到期的金镯子。数不清的东西像那张当票一样过期作废。老爷生前对此不无担忧。少爷从小就不会数数，假如没有别人的帮助,她从一数到十后就会顺理成章地再从一数起,数不出十,一圈一圈绕圈子。可不能说她没有多和少的概念,当有人在她数数时掌握好时机提示她:十一,那么她也会十一、十二地数下去,看起来是没有问题了,然而她还是会在一个什么地方停下来,连贯地重新数到一后再数下去。在少爷幼年逗过她玩的人都知道她有这个缺陷,到后来老爷不准任何人让少爷数数,这成了一项禁忌。老爷担心她以后难以独自生存,她没法计算账目,她没有扎耳孔缠足、读书识字,行为举止古怪,会去窑里烧陶、研制木偶、赌钱、看杂技等等——虽然她的微笑有如春光,笑声像春天的风吹过高山的泉水。出人意料的是少爷接手当铺的生意后不再心猿意马娱乐游玩,而是专心经营,使回春堂的字号日益金光灿灿。新开二十六家分店遍布东铜台府周围七个镇子,并插手其他行业。赚钱的方法,无非就是交、易、周、转,少爷同样醉心于此。

　　老爷死于急病,没遭遇什么痛苦。少爷从外面玩回来就听说父亲去世了。她想到的是接下来要由自己照顾生意,同时有一些难过。一个人的命期限到了就会作废。她不知怎么就掌握了把她听到的噩耗和遭到的挫败当成是一场噩梦的本事,当时是很难过,可是难过仅限于期限之内,一到期就泯灭得干干净净,就像从枕头上醒来。真的弄不清楚到底是不是统统从未发生过——从未在插柳成荫的河岸边恰是那不经意的一垂首看见自己掉出来的一小缕青丝拂面;从未听过美人在玉楼上相思的箫声,那个美人是最纯洁的青楼女子,是最娇艳的醉颜最殷勤的歌舞最细的腰最温存的手,当还轻薄爱弦歌的少爷骑马经过斜楼,道路两侧飘摇的红袖知道这就是回春堂的大小姐少爷，她们无不魂飞魄散神魂颠倒，美人也不例外，她看着少爷雍容徘徊、裙屐风流，就大叫一声，跑回自己房间写下一百首缠绵悱恻的情诗，最后悲愤交集，气结而死。那些日子每一天都有糟糕的消息，情况好像已经坏得不能再坏了，上头的高官听闻美人死了，眉头皱一皱，觉得凭空丧失了自己身为父母官不忘文墨风骚而赢得薄幸名的机会。有人趁机打击回春堂的生意，多加苛刻为难，少爷也左右逢源应对过去了。习惯了，就当噩梦连床，每次都会有一点难过，明朝醒来，俱往矣。

少爷爱笑，笑起来如春寒料峭银瓶乍破。只是一直不能够正常数数。

有一天少爷去码头查点货物，她站在一层楼高的烟花爆竹箱子上，放眼江上——这条江水滋养了三千年的生息，大规模改道三次，曾经是东铜台府最大的祸患，现今是东铜台府二分之一的经济动脉。东铜台府着力于水路运输、水利工程，以及旅游业的建设，使江上日渐繁华，游船多如过江之鲫，楫橹吆喝歌舞丝竹之声不绝于耳，江里出产的美味的鱼却眼看是少了。行至远处快要看不见的数十展帆是她往下游去倾销货品的船队，又有她从别处带特产回来的船只靠岸。伙计们在卸货，另外有人核对账目数量。少爷怅然一笑。忽然她看见近江心漂浮着一件东西，白色的，再仔细一看，似乎是个人。太远了，看不真切。江水是浓稠的蓝灰色，厚厚地起伏着，那不过是一小点灰白，浮沉着，时隐时现。

少爷跳下箱子，放开船坞里一只小艇，自己向那边划了过去。

近了终于看出那是个溺水的男子，脸朝下伏着，头发和灰白布衣在江水里轻轻漂荡。近了就看出江水不是蓝灰色，或者是太阳要落下去的关系，水有点黄，底下是很深的蓝，深成黑色。少爷愣了愣，不知道怎么将他弄上船来，也不知道他死了没有。最终还是费很大力气把他拖上了小艇，被自己的衣服绊住，两个人都摔在了船板上。她瞪着这个男子，眉眼轮廓依稀有些亲近感。他双目紧闭，大约是死了，连呼吸也不见。她很有点沮丧。

突然她听见岸上一阵巨大的爆破声和杂乱的惊呼声，一转头，看到成箱成箱的烟花爆竹着了火，炸开来，东铜台府的整个天空中火树银花繁华似锦，照得黄昏比任何一个夏天的中午更亮。少爷坐在船头，心头茫然一片，像烟花怒放的天空一样雪亮缭乱。目不暇接的灿烂持续了一个多时辰，少爷的眼泪不知不觉流下来，流了满脸，只听得身边有人问："你怎么哭了？"

少爷转回头，那个消瘦的男子又呛出了一口水。少爷又开始哭。她说："我的钱，那批货完了。"

她又说："我怕呀！"

- 4 -

"我害怕极了，因为我知道的事情实在太少了。我每天都会觉得，原来我们活得是那么单薄啊，就像生活在一张纸、一根琴弦、一只蜗牛触角上，可人人都以为那就是全世界。"

那人牵过少爷的手，看那只金镯子。

那人道："怎么停了？"

少爷奇怪道："什么停了？"

那人道："时间。"说着拧了几下镯子上小扁圆盘一侧的一个小机关，圆盘上三条细细的针就动起来，在中心有一个点把它们的一端固定着，另一端开始向一个方向旋转，绕圈子，最短的那根几乎是不动的，沿途是圆盘周围的小刻星。

少爷大吃一惊："这是什么？"

那人道："用来表示和计算时间的啊，难道你一直都不知道？从来没有发动过它？"

少爷摇摇头，抬起手放在耳朵旁边，听见滴滴答答的声音。

"它们怎么有快有慢？这根好像不动一样。"

那人道："因为它们表示时间的单位都不一样，就像一样是一斗米，用杯子装就要十几杯，要是倒进船舱，单单一斗是根本填不满的。这根看来不动的针只是走得太慢了，就好像难以用斗米填满的船舱，慢得以为不动，但一直积累，是会变化的。"

少爷道："嗯！我知道这种几乎发觉不了的微小，就像我照镜子，镜子里的人是比我自己年轻那么一点的，只有一点点。"

那人点头微笑道："这根针走一圈半天就过去了。你希望它走得那么快吗？"

少爷也笑道："既然说好是一天，也不是我希望不希望的事情呀——这真是件宝贝，原来那么好，我那么久都不知道，真是太谢谢你啦！"忽然又道，"啊，我明白了，这个就跟另外有件东西一样的。"

那人道:"什么?"

少爷道:"来,我带你去看。"拉着那人就跑。

她带他进一座二层半的楼,整个楼里只放着一个占满全部空间的巨大木装置。"这是我爸爸送给我的。"她不无得意,又希望那人因此而高兴。那是一只结构复杂的沙漏,只听到数以亿万计的细沙从细小的空隙里跌落摩挲着木制容器内壁的声音,它们的分量一点一点添加。微不足道的压力,齿轮难以察觉地旋转,但是她听得见这种微渺的声音,一面听着手腕上滴滴答答像雨点有规律地从什么地方滴下来,这是时间内部结构的声音,时间在这里面无数次过期作废。"数量到了一天的时候,下面那个容器会被抬起来,一个带动另一个,去敲那顶上的小钟,"少爷不自觉地放低了声音,"这是沙,沙是我的名字。"

这时听到"当——",月亮一跃而起。

最短的针走一圈,太阳升到头顶了,影子变成一天中最消瘦的;再走一圈,夜晚像影子一样黑暗。它们周而复始地运动,走到最大又从头走起,浑然天生,没有穷尽。少爷抓着那人的手不肯放,她知道这样做是很快乐也很徒劳的。

少爷问道:"你怕变老么?"

那人道:"以前怕。"

"你怕死么?"

"以前怕,现在不了。"

"为什么?"

"你相信有长生不老么?"

"我不信。"

"如果你能够,你会愿意试吗?"

少爷笑了,道:"我不信。如果我能够我也不愿意。那会很不好受。"

"你怎么知道的?"

"我猜的。没完没了多难受啊。"

"凡事终将结束也挺让人难受的。"

"人都从呱呱坠地长成少年,再到耄耋之年,我想都体验一遍,包括最后死。"

那人笑了:"许多耄耋之年的人可不这么想,他们愿意付出任何代价重回少年。"

他接着说:"你看,你明白这里头包含着变化,只要学着掌握,就可以永远循环到年轻的时候。你还能掌握所有的变化,因为你能明白变化的根本。"

"怎么做?"

"你知道,所有的事情都不可能停下。万事万物都在发展变化中,运动是绝对的,静止是相对的,但有一个总量守恒——物资会减少,感情会消逝,人变衰老,一切东西都在消耗和磨损着,变老、变旧、腐朽、死亡,同时也有很多新的东西不断地滋生、长大,它们的变化都有周期,一切事情都是它们周期的相互比较,比较的结果就是事情的结果。学着掌握它,能拥有巨大的力量。"

"你能够?"

"会一些。有时试图扭转和衔接两个时间的端口，或者把它切开来——事实上是不可能的，就像江流，假设一个截面，能想得出么？"

"能。"

"我能解决更多的问题。"

"那么你快乐吗？"

"有的时候。"

"为什么还会有那些不快乐的时候呢？难道不快乐根本不是因为生老病死吗？"

"我不知道。"

"你知道的事情很多么？"

"我知道一些，但仍然太少，所以我还是不快乐。"

"难道知道了全部就会快乐？"

"我想没有人能够知道全部。这有悖世界。"

"你不认为……长生不老的生命是残缺的吗？少了最关键的死亡，那还算什么活着？"少爷说了这句，忽然又莞尔一笑，"也许我太小了。你说我们是不是该谈些情爱说些情话？"

那人也展颜笑了："我挺喜欢你的。"

少爷长舒一口气，道："原来如此，担心死我了。"她笑起来真是璀璨，"嗯！"

那人道："你想学飞吗？"

少爷道："我为什么要学？"

那人笑道："因为我小时候就很想能学会飞。飞一点都不难，你本来就会的，每个人都会，不过他们生出来就忘记了。"

少爷道："人都是很健忘的。假如你说我们还残存着对以前的一点点记忆，我宁可相信人从前是生活在水里的，因为现在人被大风吹还是会觉得有点不舒服，可人喜欢洗澡，洗澡的时候就觉得很舒服。"

那人笑道："反正你能做到的。或者你想学变化吗？想变成什么？"

少爷想了一会儿笑道："还没有，我觉得当我挺好的。"

"对了，忘了问你从哪里来的。"

"我一直在路上走着，突然掉进了一条河，那条河……很大，宽阔。这就遇见你了。走到哪里不是走？"

这个人有一日离开了东铜台府。少爷坦然看他挺拔消瘦的背影，直到看不见为止。

- 5 -

爱是与一个人真正的相逢。但是与"别人"相逢始终是一个令人害怕的过程，因为它包含着对自己现状的怀疑，与别人相逢也就是与自己的阴影相逢，正因为如此，在一起才显得困难。那段时间雨总是特别地多，春天迟迟不去，它的影子一直拖到夏天，就像涨潮的海水那样漫淹上夏天的沙滩。

关于东铜台府几年后遭到的厄运，大概有两种说法。

第一种是说，在这里时间发生了变异，最后将东铜台府毁了。少爷像豹子一样警觉，闻到了危险的气味，她抬起自己的手腕仔细看，在那里印证了这个秘密。整个东铜台府加速运转，他们各自忙忙碌碌垂头丧气喜气洋洋，在四更天的街市上来来往往川流不息而一无所知。报应，少爷想。最后她告诉人们，这没什么不好的，缩短吧，接着缩短吧，直到时间萎缩消失，这样就没有不愉快了，因为只有事件，没有过程，我们所有的不愉快都将不复存在了。——她被别人扇了一个大耳刮子，扇她的人可能不知道她就是回春堂的少爷，也可能知道，因为欠了她直接或间接的债务而愤恨不平："你生来受到什么活着的约束了，你想抱怨？"少爷很识相地走开，心想，活着就是一种约束。——总之这是大众对她事不关己的冷漠讥讽态度的不容忍。

这种说法不为人所接受，少爷自己也否定了。那段日子她像条没有脚的鲨鱼，在茫茫大海里到处走、到处游、到处飞，后来恐惧不见了，平静出现了，飞到哪里不是飞行？她看着拿在手里不停地转的那支箫，听见它冷嘲热讽她的胡思乱想：我唔係箫，我明明係笛子来嘅，咁都会出错？——那时候她觉得有挫折感，因为她先企图使其他人或事受挫折。她知道。你有什么东西比得过时间？你还要怨尤什么？

官方关于东铜台府几年后遭到的厄运的说法与民间认同的一致，那就是说，几年后一场传染疾病袭击了东铜台府。

少爷发现：有人病了，而且是越来越多的人。这也是整个东铜台府的老百姓都发现了的事情，平静不见了，恐惧出现了。人们竞相去死，就像赶时髦，就像楚王喜欢细腰，美女人人都去减肥那样争先恐后。

少爷说，报应，那是疾病和人生的相逢。——一个男子来敲情人家的门，一个声音问："谁？"他回答说："是我。"那声音说："我家太小，容不下我和你。"门依旧关着。过了一年孤独和贫困的生活后，这个男子又来敲门了。一个声音问："谁？"男子说："是你。"门就为他打开了。——她认为是这么一回事。当然她也怕人死掉，这是本能，叫人费解的不知道哪里带来的记忆。人死得多对她也有好处，她插手医药事业，她在铺子里卖药赚钱。

要说明的是那种疾病是绝症，吃什么药都好不了，染上之后大约半年到两年之内死去。这半年到两年时间是最糟糕的，一般要买药来吃——明明一定会死——同时传染疾病。这疾病的传染非得经过人不可，人一定的交流、一定的接触，人的肌体死掉，它也随之死掉，人们留藏着死去亲人的衣物作纪念，并不因此而感染疾病。少爷一面卖药一面宣传她的信念：为什么偏要医治好它？疾病是人生的自然属性之一，要把一样活生生长出来的东西强行切掉，就像要扭掉你的胳膊，非常容易流血太多死掉的。没有疾病，就没有健康，你怎么可能只要菜刀用来切菜的那一面不要刀背？我说的话，你明白吗？往往少爷遭人白眼，他们还得到她这里来购买药材，出门拐弯之后就狠狠地唾骂她。当然街坊邻居死掉她也不好受，他们在她小时候用手指戳过她粉嘟嘟的脸颊，幸灾乐祸地逗她数数，在她长大以后拿目光反复在她的胸脯和臀部上蹭来蹭去，评价她的发型、耳垂和人生观，他们给过她那么多的关心。她想，那好吧，未尝不可以试着救救我们。郎中们都在研制抑制病毒的药物，不过没有人成功。少爷加入了他们的行列，她研制出一种药，宣传说这种药可以救人。结果吃药的人一吃就死。活人冲到回春堂扯下幌子，拆了金字招牌摔到地下用脚踩烂，他们怒发冲冠地说早就知道你盼人死掉，说死并没有什么不好的。她申辩说：不是的，那种药激活病毒，本来病毒长大到足以摧毁一个人需要半年到两年的时间，现在它能迅速变得很强大。因为它杀了人自己就得死——任何东西迅速发展、强大到一定地步就会自己毁灭自己，你们不愿意把人包括疾病当作一个整体，那么就把疾病单独当作一个整体吧——它只用很短的时间就能杀死自己，只有这样才能使患病的人越来越少越来越少，最后消灭它……大家只听见她说"它杀了人自己就得死"。他们被死这件事吓坏了，满脑子这句话。

结果有三种：一、他们杀了她，最后全东铜台府的人终于死光了；二、她被他们传染了疾病，后来和全东铜台府都死光的人一样死掉了；三、当时她看着愤怒的像疾病像洪水猛兽一样的人们，心里害怕极了，好像是尖叫了，好像没有，不管有没有，她听见自己脑袋里"嗖嗖"作响，像飞一样——结果她真的飞起来了！

- 6 -

三藏、行者、八戒和沙穿过西铜台府的脚步在雨里发出青幽幽的短促回声。前面真的就是那座深黛色的山峰，根没在一片城镇的上方和云雾里。他们正是朝着这一处去，心里不免怀疑——真的有那个地方吗？真的有根源，可以攀登吗？——连山峰都因为他们走过的曲折迂回的路、过于狭窄的小巷、高耸的骑楼而被遮没，只有等再看到它才心安，知道没有在接近它的途中迷失方向，陷入死胡同。在到达它之前，怀疑不能解除，得那么留神地盯紧它，生怕稍纵即逝。

这个时候唯独沙想起来低下头，佛叫沙数通往西天之途的脚步，沙不能忘记。

行者他们也没忘记这是沙加入他们行列的理由。

三藏、行者、八戒是在流沙河和沙相逢的。

他们行过黄风岭，向西是一脉平阳之地。光阴迅速，历夏经秋，见了些暮霭沉沉、寒蝉凄切、大火西流，正行处，只见一道大水狂澜，浑波涌浪，可不就是八百流沙界，三千弱水深，鹅毛漂不起，芦花定沉底。

三人眼看江水，一筹莫展之间，行者忽然往前几步，浅浅涉江，蹲下身去取了一捧水来饮。江水里滤不掉的许许多多细沙在嘴里摩挲着，水的味道是淡而无味的。

佛叫我在这里数流经的沙子落下的水。波浪像山岭一样翻涌起来，他们看见一个头发很长很长的人升起来，这个人听见自己耳朵旁边"嗖嗖"作响，长过脚踝的头发瀑布般地散乱披着遮住了脸孔，浑身上下沾着闪闪发光的沙子，项间悬挂着九个骷髅，她低低念道:"六,七,八,九……十……一,二,三……孙悟空?唐三藏?天蓬?"她抬起头来,因为浑身上下带着水,脸上的煞气尚未抹去,眼光从比黑夜还黑的头发背后刺出来,显得很凶狠,像一支很薄很细的剑带一点抖动指到别人的咽喉之间。——那支剑离我的咽喉最近的时候,只有零点零一厘米,那大概是零点零零三九三七寸,是一个人的冰冷呼吸可以封死另一个人全部毛孔甚至沁入心肝脾肺肾的距离。"佛说我一双脚惹尽尘埃,佛要我在此洗刷一个'净'字。佛告诉我,等到你们来跟着你们一路走,可以走干净我的脚,我所要做的就是数数。"

八戒先是认出了那人手里用月亮上的桂树枝制造的降妖宝杖,里边一条金趁心,外边万道珠丝玠,他说:"卷帘?!"

那次沙飞飞飞飞一直飞上天,她睁大了眼睛因为她吃惊极了,底下的东铜台府快要看不见了,大风卷起她的长睫毛,吹得她要掉眼泪,她闭紧双眼,有人对她说:"你升仙了。"

她用叫喊来和那个声音说话:"你是说我变成了神仙?"风太大了,会把声音吹得支离破碎。

那声音道:"还没有,只是说你有天赋。你生呀死呀的字眼说得太多了,你自己觉得吗?"

沙道:"我觉得的。我自己常常厌烦,可是进行不下去。"

那声音道:"觉得腻是因为你沾惹的尘埃太多了。你想变得更清醒吗?你想变得更轻盈吗?你想更晶莹吗?"

沙道:"我尽量。"

那声音道:"你要尽力而为。你要尽力不再尽力去做些什么。"

突然沙双脚有了着落,膝盖因而一软。睁开眼睛,已到了天上。她便任卷帘的职位。

在天上沙卷帘还是犯了错。她试着推了一下囚禁一个大闹天宫的人物的炼丹炉。没想到这看似沉重无比的炉子轻飘飘地应声倒地。在蟠桃会上,她亲眼看见地面上的花果山,她的所作所为像蔚蓝大海里的珍珠泡沫,完全是徒劳无功,手里的琉璃盏也掉到地上打碎了。一颗为自己的徒劳无功和愚钝执迷的眼泪滚落下来,掉进龙王面前的一壶酒里。天上的人一掉眼泪,身体就沉重了,就往下坠坠坠坠一直坠入流沙河,在八百里流沙界浮浮沉沉,心如刀割。

三藏、行者、八戒和沙穿过西铜台府的脚步在雨里发出青幽幽的短促回声。前面真的就是那座深黛色的山峰,根没在一片城镇的上方和云雾里,他们正是朝着这一处去,心里不免怀疑——真的有那个地方吗?真的有根源,可以攀登吗?——连山峰都因为他们走过的曲折迂回的路、过于狭窄的小巷、高耸的骑楼而被遮没,只有等再看到它才心安,知道没有在接近它的途中迷失方向,陷入死胡同,在到达它之前,怀疑不能解除,得那么留神地盯紧它,生怕稍纵即逝。

- 7 -

当真被他们寻觅到了山脚下,忽然有种期待的落空。山脚下有些个举头眺望、兴致勃勃的游客,有的已开始沿着开阔的石道登山。有游客,也就有小生意人,贩卖饮食、香烛和纪念品,即使算不上热闹,也绝不冷清。有个觍着脸笑的人过来问行者:"我带你们上雷音寺,帮忙背行李,这一路上我给你们讲解风光典故,好不好?"行者摇头不理。还是八戒笑道:"怎么就以为雷音就必定是人迹罕至的绝境?人人都知道、来得、去得,这才好啊。"三藏点点头,四人便往山上登去。

一路上,不时见到登山者,老人,少年,大人带着孩子,那孩子活蹦乱跳,也不觉得乏累,竟还有双腿尽残的人拄着双拐从上面下来。八戒问:"高不高?"那人微笑道:"高就不去了么?上面有好泉水啊。"

春天的山景美不胜收,树木青翠,树上落满了巧舌如簧的鸟,蜂蝶翩翩起舞。山路转折,一会儿看见幽郁的山谷和泉水,雪白的珍珠般的泉水在一个落差下冲击出很深的潭子,泉在里头变成碧绿色,显现着美丽而危险的旋涡,一边又不停地往下雪白地冲泻而去;一会儿突然又是三分之二的天空乍现眼前,蓝得被山泉雨露洗濯过一般。白云悠悠飘浮,旁边的山壁全是极巨大的岩石,几处铺了浓酽酽绿的苔藓。往底下看去,下面某处岭上的桃花开了,娇艳如云霞。忽而一阵大风卷着云吹起来,恣意任性。袈裟飘舞,长发盈空,人都好像要腾空飞去,沙忍不住笑了起来。

走到一处平台，有着石桌石凳，有人在此喝茶歇息，周围长着参天松柏。向人一打听，得到回答说是上不去了，再上去无路，山崖太过陡峭险峻。可一抬头，分明见到一带高楼，几层雄阁，冲天百尺，耸汉凌空。"那个上面就是灵鹫高峰哩！"一个老汉说道。

八戒问："既有人建造，为何上不去？"

老汉乐呵呵道："神仙造的呀，你没听说过吗？那上面是西天呀，人怎么上得去？就算你能飞得上去，你能用脚在这山峰上走出路来么？——再说，上去干啥？"

行者只是淡淡一笑。

努力寻找可上去的道路往上登，先是放下了白马，然后要用手帮忙攀爬，或有丛葭，或有奇石险涧，但比较一路上的千山万水也不在话下。到了一处大概是山下泉流的上游，一道活水，滚浪飞流，水上横着一根独木桥，竟又看见了先头见到过的小孩子。行者欢喜地笑道："好个勇敢的小孩。"那小孩身高三尺有余，稳当当噔噔跑过独木桥去，无畏脚下百余尺急促流水。行者等人便也过去。三藏小心紧张，手心有汗，摇摇晃晃走过四分之三处，脚底一滑，往下坠去！行者一见大惊，风驰电掣般掠过去抄住三藏一角袈裟，往上一提，放开袈裟抓住三藏的手腕一口气提了上来，袈裟却从三藏身上松开飘了下去，落水漂走。三藏来到对面，只见上流漂下来一个裹着袈裟的死尸，经过时看见死尸的面目竟和自己的一模一样，往下掉去。

再一直设法向上，直到隐隐钟磬悠扬。四人心中一喜，再走就拨云见日，霞光霭霭，彩雾纷纷，有琼草松篁、鸾凤鹤鹿，东一行、西一行,都是蕊宫珠阙、宝阁珍楼,浮屠塔安详地耸入云霄,遍地青莲花、红莲花盛开。过山门,四大金刚出来迎接:"圣僧来了?"

进宝殿,果然见到了佛。

"这里就是西天尽头?"

怎么都觉得不对。见了佛一面,佛微微一笑。又觉得哪里不对不好。然则不正是来取经的么?佛传了三十五部经一万五千一百零五卷中五千零四十八卷,有云雾一样多的五百罗汉、三千揭谛、四金刚、八菩萨、比丘尼、优婆塞,无数圣僧、道者在空气里游走。

"就这样?然后呢?回到山下去?回到我们一路上走过来的这个世界里去?"

好吧,我们回去。

- 8 -

一直走,直走到回了通天河西岸。三藏道:"嗯,我记得的,东岸是陈家庄,西岸四无人烟。"人的记忆就只有这点儿,看到一个地方、一件东西、一个人的那一秒钟,二十四帧画面映入他的眼帘,他用来记住它的那几秒钟里世界上又同时消失和出现上千个地方、数以亿计的东西,诞生了四十位新生儿,死去三十个人。你一直在走一直在看,你怎么分辨要记住的,怎么记住要不忘记的?

当那个人又出现在你面前，当他擦肩而过的那一秒钟，你同样也只有一次机会凭借那二十四帧画面来辨认。

三藏他们来到水边，忽听到有人叫道："三藏法师，这里来！"原来是那只曾把他们从东岸渡到西岸的大白鼋，从水里破浪出来。

行者道："鼋，你要渡我们过去，先上岸来好不好？"

白鼋爬上岸来，四人一马上了白鼋的背，就像来时那样回去。想想已经走过了那么多的路，竟好像不曾走过一样。觉得在做一场梦，总有点惴惴，生怕一觉醒来，像白鼋能够轻而易举地一耸身子，就把他们都颠覆到水里去，可为什么怕呢？没有被火烫伤过，就不知道怕火，我们总是怕些我们没忘干净的东西，我们想不起它们来。"取经回来了？"白鼋犁波踏浪，一边问。

"唔。"

"嘿嘿，"白鼋小心翼翼地笑了笑，眯缝起眼睛，"那么——我曾经请您帮我问的，我还有多少年可以修炼成人，您可以告诉我了吗？"

"唔。"三藏道。

沙想到的是，原来我一共遇见过孙悟空三次。

行者道："一百年。"

白鼋叱道："诳语！"

行者道："五十年。"

"诳！"

"十七年又三天！""九年！""即刻——"

"诳、诳、诳、诳、诳！"

白鼋冷笑两声，将身一晃，哗啦沉下水去，把他四人连马并经统统翻入水里。沙用衣袖卷着白马，八戒扯三藏，颤巍巍浮出水面。行者在水底一蹿而起，看见浩繁的经卷像一朵一朵泛黄的玉兰花一样翩翩开放，从江面上一束阳光荡漾的地方往下飘散，心里一急，力挽狂澜，用双掌把经书连同河水一起往上拍去，河面上激起巨大的水柱，五千多部经书哗啦啦飞到半空，展开稀软单薄的翅膀，跌落在河岸上。行者却因此身子又往下沉，突然气血急迫，呛着了水，头又撞在江底突兀的岩石上，晕了过去，被湍急的潜流卷走。

沙叫了一声："孙悟空！"

他们在岸上捡看经本，一一放在石头上晾晒，可惜早被水浸坏了字迹，一片片灰灰黄黄的残页，什么都看不见了。

他们坐在河岸上，八戒和沙都下去找寻过行者，没能找到，于是他们有耐心地等着行者——行者一定没有死，还会找回来的。

他们相信行者，所以还算放心。

坐了很久，忽然沙疑惑地问道："他跌到哪里去了？还能记得回来么？"

（全文完）

再版的话

  2015年我把这个上世纪在论坛上连载的小说翻出来看——和高中时看初中时写的日记的感觉差不多：天哪，多么幼稚做作，词句用得一个铺张，又惊又臊，不忍看。

  可是，日记虽然写得羞人，所记的事和时光却很美好。这也是我愿意让这本书再版的原因吧。

  我试图稍作修改，但很快放弃了，你知道，通篇都那样，没法改。就这样吧！

  深谙人事的摄影大师拍出的少女影像无知又清纯，而全无经验、刚刚萌生爱美之心的小少女自己却或许会留下浓妆艳抹、弄

姿作态的照片。比起前一种"经修饰的无修饰",后一种"无修饰的修饰"也有它更纯真无心、生动可爱的地方值得欣赏。

十九岁时,我就是写了个这样的故事,爱起人来不知保留,写起字来不顾节制。

顾湘

2016年1月6日

顾湘

1980年2月生,籍贯上海
19岁出版首部长篇小说
1997年考入上海戏剧学院戏剧文学系
毕业后留学俄罗斯三年,获得莫斯科国立大学新闻系硕士学位
现居上海郊区,每日画画、养猫、打游戏、写作

已出版:
《西天》《好小猫》《为不高兴的欢乐》《安全出口》《点击1999》等

果麦　更好的精神食粮

西天

产品经理 | 马伯贤　　装帧设计 | Mirro
责任编辑 | 金荣良　　插图绘制 | 顾　湘
　　　　　陈富余　　媒介推广 | 俞乐和
责任印制 | 梁拥军　　出 品 人 | 路金波

新浪微博：@果麦文化　微信公众号：果麦文化

图书在版编目(CIP)数据

西天 / 顾湘著. -- 杭州：浙江文艺出版社，2016.4
ISBN 978-7-5339-4440-7

Ⅰ.①西… Ⅱ.①顾… Ⅲ.①长篇小说-中国-当代 Ⅳ.①I247.5

中国版本图书馆CIP数据核字(2016)第020974号

责任编辑　金荣良　陈富余
特约编辑　马伯贤
装帧设计　Mirro
插　　画　顾湘

西天
顾湘 著

出版　浙江出版联合集团
　　　浙江文艺出版社

地址　杭州市体育场路347号　邮编　310006
网址　www.zjwycbs.cn
经销　浙江省新华书店集团有限公司
印刷　北京鹏润伟业印刷有限公司
开本　880mm×1230mm　1/32
字数　139千字
印张　6.5
印数　1-42,000
版次　2016年4月第1版　2016年4月第1次印刷
书号　ISBN 978-7-5339-4440-7
定价　36.00元

版权所有　侵权必究

如发现印装质量问题，影响阅读，请联系021-64386496调换。